致青春 051

難哄

〈上〉

竹已　著

高寶書版集團

目錄
CONTENTS

第一章　墮落街紅牌

難得的休息日，溫以凡熬夜看了部恐怖電影。

詭異感全靠背景音樂和尖叫聲堆砌，全程沒有讓人膽戰心驚的畫面，平淡如白開水。出於強迫症，她幾乎是強撐著眼皮看完的。

結束字幕一出現，溫以凡甚至有種解脫的感覺。她閉上眼，思緒瞬間被睏意纏繞。即將墜入夢境時，突然間，房門被重重拍打了一下。

砰的一聲——

溫以凡立刻睜開眼。

順著從窗簾縫隙掉進來的月光看向房門。外面能清晰聽到男人醉酒時渾濁的嗓音，以及跌跌撞撞地往另一個方向走的腳步聲。

之後是門被打開又關上的聲音，阻隔了大半的聲響。

又盯著門好幾秒。

直到徹底安靜下來後，溫以凡才放鬆了精神。

她抿抿唇，後知後覺地火大了。這週都第幾次了。

睡意一被打斷，溫以凡很難再入睡。她翻了個身，再度闔上眼，百無聊賴地分出一點精力去回憶剛剛的電影。

唔，好像是部鬼片？還是自以為能嚇到人的低成本爛片。

迷迷糊糊之際，溫以凡的腦海裡莫名地浮現電影裡的鬼臉。

三秒後，她猛地爬起來，打開床頭的檯燈。

整個後半夜，溫以凡都睡得不太安穩。半睡半醒間，總覺得旁邊有張血淋淋的鬼臉正盯著她看。直到天徹底亮起來，她才勉強睡去。

隔天，溫以凡被一通電話吵醒。

因為熬夜和睡眠不足，她的腦袋像被針刺到一般，細細密密地痛。她有點煩躁，緩慢地拿起手機，按下接聽。

那頭響起從小到大的好友鐘思喬低低的聲音：『我晚點打給妳。』

溫以凡的眼皮動了動，腦子當機了兩秒。

忽地打個電話來把她吵醒，這就算了，居然不是正片，還只是個預告。

她的起床氣瞬間炸裂，脫口而出：「妳是不是存……」

話還沒說完，電話已經被掛斷。

拳頭像是打在棉花上，溫以凡睜眼，悶悶地洩了氣。又在床上躺了一陣子，她拿起手機，看了一眼現在的時間。接近下午兩點了。

溫以凡沒再賴床，抓了一件外套套上，爬出被窩，走進廁所。

溫以凡正在刷牙，手機再度響起來。她空出手滑了一下螢幕，直接點了擴音。

鐘思喬先出了聲：『天啊，剛剛遇到高中同學了，我頂著大油頭還沒化妝，尷尬死了！』

「哪那麼容易死，」溫以凡嘴裡全是泡沫，含糊不清地道，「講話幹嘛那麼誇張？」

鐘思喬沉默三秒，懶得跟她計較，『今晚要不要出來玩？溫記者。您都連著加班一週了，再不找點樂子我怕妳猝死。』

「好，去哪裡？」

『要不然就去妳家那邊？不知道妳去過沒？我同事說那邊有家酒吧，老闆長得很帥……』

鐘思喬說，『噯，妳那邊怎麼一直有水聲？妳在洗碗？』

溫以凡：「刷牙。」

鐘思喬嚇了一跳：『妳剛醒來啊？』

溫以凡溫吞地嗯了聲。

『都兩點了，就算是午休也結束了。』鐘思喬覺得奇怪，『妳昨晚在幹嘛？』

「看了一部恐怖片。」

『哪部？』

「《夢醒時見鬼》。」

鐘思喬明顯看過這個電影：『這部算恐怖片？』

「看完我就睡了。」溫以凡只當作沒聽見她的話，扯過一旁的毛巾，把臉上的水珠擦乾，「結果半夜突然醒了，然後還真的像電影裡演的那樣，見到鬼了。」

『……』

「我就跟鬼打了一整晚的架。」

鐘思喬有點無語：『妳怎麼突然跟我扯這麼限制級的話題？』

溫以凡挑眉：「哪裡限制級？」

『什麼架要打一整個晚上？』

「……」

『好了，不要嫖鬼了，姊帶妳去嫖男人。』鐘思喬笑著說：『帥氣的、活跳跳的、熱空空的，男人。』

「那我還是嫖鬼吧。」拿起手機，溫以凡走出廁所，「至少不花錢，免費。」

鐘思喬：『誰說要花錢了，男人也可以白嫖啊。』

溫以凡：「嗯？」

『用眼睛嫖。』

「……」掛了電話後，溫以凡再次在微信上跟房東說起昨晚的情況。隨即，她猶豫地補了一句：合約到期之後，可能不會再續租了。

兩個月前，她從宜荷搬來南蕪市。

現在住的房子是鐘思喬幫忙找的，沒有什麼大問題。

唯一的不便就是，這是合租的房子。房東將一個二十幾坪的房子改裝成三個獨立的房間，每個房間都有一個廁所，所以沒有廚房和陽臺等設施，但勝在價格便宜。

溫以凡對住處沒有太大的要求，況且這裡交通便利，周遭也熱鬧，她還考慮過乾脆長期租下來。

直到某天，她出門時恰好碰上對面的男人，漸漸地演變成現在的狀況。

不知不覺間，太陽下了山，狹小的房間內被一層暗色覆蓋。萬家燈火陸陸續續燃起，整座城市用另一種方式被點亮，夜市也逐漸熱鬧起來。

見時間差不多了，溫以凡換了身衣服，然後簡單化了個妝。

同時，鐘思喬不停在微信上轟炸她。

拿起衣帽架上的小包包，溫以凡用語音回了句「現在出門」。她走出去，往對面看了一眼，不由自主走快一點，走出樓梯間下樓。

兩人約好在地鐵站會合。

準備去的地方是鐘思喬今天提到的酒吧，位置在上安廣場的對面。可以看到接連不斷的一連串霓虹燈，點綴在每個店面的招牌之上。

只有夜晚才會熱鬧起來的地方。

是南蕪市出名的酒吧街，被人稱作墮落街。

因為沒來過，兩人找了半天，終於在一個小角落看到這家酒吧。

名字很有趣，叫「加班」。

招牌格外簡單。純黑色的底，字體四方工整，呈現純白色的光。在一堆色彩斑斕而又張牙舞爪的霓虹燈裡，低調得像是開在這裡的一家小髮廊。

「這想法很新鮮，」溫以凡盯著看了好一會兒，「在酒吧街裡開髮廊，想來這裡把妹的，就可以先來這裡做個造型。」

鐘思喬嘴角抽了一下，拉著她往裡面走：「不要胡說。」

出乎意料，裡頭並不如溫以凡所想的那般冷清。

她們來得算早，還沒到人多的時間，但店裡的位子已經零零散散地被占據了大半。

舞臺上有個抱著吉他的女人，垂眸唱歌，氛圍抒情和緩。吧檯前，調酒師染著一頭黃髮，此時像要雜技一樣丟著調酒雪克杯，輕鬆又熟稔。

找了個位子坐下後，溫以凡點了杯最便宜的酒。

鐘思喬往四周看了一圈，有點失望：「老闆是不是不在啊，我沒看到長得帥的啊。」

溫以凡托著腮，漫不經心地說：「可能就是那個調酒小哥。」

「最好是！」鐘思喬明顯無法接受，「我那個常年泡在墮落街的同事說，這間酒吧的老闆可說是墮落街的紅牌。」

「說不定是自稱的。」

「？」

注意到鐘思喬不善的眼神，溫以凡坐直了點，強調一句：「就，說不定。」

鐘思喬哼了一聲。

兩人有一搭沒一搭地聊了一陣子。

鐘思喬提起中午的事情：「對了，我今天遇到的是我高一的副班長。他大學也念南蕪大學，好像還跟桑延同一間宿舍，不過我沒怎麼見過他。」

聽到這個名字，溫以凡愣住了。

「說起來，妳還記得——」說著，鐘思喬的視線隨意一瞥，忽地定向吧檯，「噯，妳看十點鐘方向，是不是『墮落街紅牌』來了？」

同時，溫以凡聽到有個人叫了一聲「延哥」，她順著望過去。

不知從什麼時候開始，調酒師的旁邊站了個男人。

酒吧內光線昏沉。他半倚在桌沿，整個人背對吧檯，腦袋稍側，像是在跟調酒師說話。穿了一件純黑色的風衣，身材挺直而又高大，此時微微弓著身子，也比旁邊的調酒師高出一截。眼眸漆黑，唇角淡淡揚起，略顯玩世不恭。

頭上的彩色霓虹燈轉過來，落下幾道痕跡在他臉上，溫以凡也在這瞬間認出他來。

「不會吧？」大概是跟她有一樣的發現，鐘思喬的語調揚起，十分震驚地說，「紅牌是桑延啊？」

「……」

「怎麼我一提起他就看見人了？妳還記得他嗎？妳轉學之前，他還追過妳……」

聽到這句話，溫以凡的睫毛顫動了一下。

正好有一個服務生路過，溫以凡有點不自在，想出聲打斷時，耳邊忽然傳來一聲驚呼。她抬頭，就看見服務生似乎是被人撞到了，手中的托盤略微傾斜，放在上面的酒杯隨之倒下——

朝著她的方向。

酒水夾雜著冰塊，掉在她的左肩上，順勢滑下。她今天穿了件寬鬆的毛衣，此時大半邊的衣服被淋濕，寒意滲透進去，凍得人頭皮發麻。

溫以凡倒抽了口氣，反射性地站了起來，店內音樂很大聲，但她發出的聲響也不算小。服務生整張臉都白了，連聲道歉。

鐘思喬也站起身，幫溫以凡把衣服上的冰塊拍掉，皺眉道：「還好嗎？」

「沒事，」溫以凡聲音不受控制地發顫，但也沒生氣，看向服務生，「不用再道歉了，以後注意點就好了。」

隨後她對鐘思喬說：「我去洗手間處理一下。」

說完，她抬眼，意外地撞入一道視線之中。深邃，淡漠而又隱晦不明。定格兩秒。溫以凡收回視線，往女廁的方向走去。

走進一間空的廁所，她脫掉毛衣，裡頭只剩一件貼身襯衣，所幸還隔了一件毛衣，沒被打濕多少。

溫以凡抱著毛衣走到洗手台，用衛生紙沾了點水，勉強把身上的酒水擦乾淨，大致處理好後走了出去。

餘光瞥見走廊上站著一個人，溫以凡下意識地看過去，腳步一頓。

男人斜靠著牆，嘴裡叼了根菸，眼神慵懶，神色閒散。與之前不同的是，他的外套已經脫了下來，就這麼鬆鬆地被他拎在手上。身上只剩一件黑色的T恤。

距離最後一次見面，已經過了六年。

不確定他有沒有認出自己，溫以凡也不知道該不該打招呼。掙扎了不到一秒，她垂下眼，乾脆裝作沒認出來，硬著頭皮繼續往外走。

暗色簡約的裝修風格，大理石瓷磚上的條紋不規則地向外蔓延，倒映著光。在這裡還能聽到女歌手的歌聲，很輕，帶著纏綿和繾綣。

越來越近，她即將從他旁邊走過，就在這個時候——

「喂。」他似有若無地冒出一聲，聽起來懶洋洋的。

溫以凡停了下來，正要看過去。

毫無防備地，桑延倏地將手上的外套扔了過來，遮擋住她大半的視野。溫以凡愣了一下，立刻伸手抓住，有點莫名。

桑延仍未抬頭，低著頭把菸捻熄在旁邊的垃圾桶上。

兩人誰都沒有主動說話。

似乎過了很久，但實際上也不過幾秒的光景。桑延緩慢地抬起視線，與她對上目光。眉目間帶著疏離。

「談談。」他說。

第二章　正經酒吧

好幾年沒見，兩人距離最後一次見面至今沒有任何聯繫，淡薄到讓溫以凡幾乎要忘了這個人的存在。

但也記得，兩人的最後一次對話，並不太愉快。

並非讓他在看到自己狼狽糟糕時，能過來慰問幫助的關係。

溫以凡的第一個反應就是，對方認錯人了，但腦海裡又浮起另一個念頭。

也可能這幾年桑延逐漸成熟，心胸變得寬廣起來。早已不把從前的那些事情當成一回事，不計前嫌，只是再見到老同學時的客套。

溫以凡收回思緒，把外套遞給他，眼裡帶著疑惑和詢問。

桑延沒接下，目光從她手上掠過。然後，他淡淡地說：「我是這家酒吧的老闆。」

溫以凡的手定在半空中，反應有點遲鈍。

一時之間她搞不太清楚他這句話的意思是在自我介紹，還是在炫耀他現在混得如此之好，年紀輕輕就已經飛黃空達，當上了老闆？

在這樣的狀況下，她居然還分心，想起鐘思喬的話——

『這酒吧的老闆可以說是墮落街紅牌了。』

溫以凡的視線不免往他的臉上多掃了幾眼。

烏髮朗眉，瞳仁是純粹的黑，在這光線下更顯銳利。褪去當年的桀傲不遜，青澀的五官變得硬朗俐落。身材高瘦挺拔，一身黑衣也沒斂住他的輕狂傲慢，恣意而又矜貴。

說是紅牌，似乎也名不虛傳。

桑延又緩緩吐出兩個字，將她拉回現場。

「姓桑。」

「……」這是在告訴她，他的姓氏？

所以就是，沒認出她，在自我介紹的意思。

溫以凡搞清楚情況，平靜地說：「有什麼事嗎？」

「很抱歉，因為我們的失誤，給您造成困擾和不便。」桑延說，「您有什麼需求的話，可以告訴我。另外，您今晚在店內的消費全都免費，希望不會影響您的好心情。」

他講了好幾個「您」字，但溫以凡並沒聽出他有幾分尊敬。

語氣仍像從前一樣。說話像是在敷衍，懶懶的，聽起來冷冰冰又欠揍。

溫以凡搖頭，客氣地說：「不用了，沒關係。」

此話一出，桑延的眉目舒展開來，像是鬆了口氣。可能是覺得她好說話，他的語氣也溫和了一點，點點頭說：「那我先失陪了。」

話畢，他收回視線，抬腳往外走。

溫以凡的手裡還拿著他的外套，下意識地叫：「桑——」

桑延回頭。

對上他視線的同時，她忽然意識到他們現在是陌生人，「延」字就卡在喉嚨裡出不來。

思緒一卡住，溫以凡也不知道該如何稱呼他。

氣氛寂靜到尷尬。手足無措之際，空白被剛剛分心亂想的內容取代，浮現兩個字眼。她盯著他的臉，慢一拍似的接上：「——紅牌。」

「……」

四目對視。世界再度安靜下來。

在這幾近靜止的畫面中，溫以凡似乎看到，他的眉心幾不可察地跳了一下。

「……」嗯？她剛剛說了什麼。

桑紅牌。

桑、紅、牌。

喔，桑……啊啊啊啊啊啊啊！桑紅牌啊啊啊啊啊！

溫以凡的呼吸停住，差點維持不住表情。她完全不敢看桑延的表情，抿抿唇，再次把衣服遞給他：「你的衣服。」

最好的解決方式，就是跟她以往的做法一樣，不覺得不妥時，就當作什麼事情都沒有發生過，直接將這段小插曲略過。

但桑延沒有給她這個機會。

他別過頭，緩慢重複：「桑、紅、牌？」

溫以凡裝沒聽懂：「什麼？」

沉默片刻。

桑延看著她，有些詫異，彷彿此刻才明白過來。他「啊」了一聲，唇角微彎，一副「果然如此」的模樣：「抱歉，我們這裡是正經酒吧。」

言外之意大概就是，我自知是絕色，但沒考慮過這方面的服務，請妳自重點。

溫以凡想解釋幾句，又覺得解釋不了。

她暗暗吐了口氣，懶得掙扎。反正以後不會見面了，她乾脆自暴自棄，順著他的話，很惋惜似的說：「是嗎？那真是遺憾。」

桑延的表情彷彿一瞬間僵硬了。

但又彷彿是她的錯覺，溫以凡眼一眨，就見他的神色依舊古井無波，毫無變化。她也沒太在意，禮貌性地笑了笑，再度提起：「你的衣服。」

桑延仍然沒有要接過來的意思。

接下來的十幾秒，溫以凡詭異地察覺到他盯著她嘴角的弧度，眼神直白而又若有所思。就這麼停住。

「穿我的衣服，」桑延頓了頓，忽地笑了，「不是還滿開心的嗎？」

溫以凡滿頭問號。

「雖然我不太清楚，但我本人好像比這間酒吧出名？」他不正經地挑了挑眉，話裡多了幾分了然，彷彿在給她臺階下，「拿回去當紀念吧。」

「他真的這麼說？」鐘思喬再三確認後，爆笑出聲，「太好笑了，他怎麼不直接說讓妳拿回去裱起來？」

溫以凡緩緩地說：「他就是這個意思。」

鐘思喬忍著笑，象徵性地安慰幾句：「不要太在意。可能這種情況太多了，桑延就直接以為妳來這裡是為了看他。」

「妳忘記我們來這裡的目的了？」

「啊？」

「不是『嫖』嗎？」溫以凡說，「『看』這個字怎麼配得上他的言行舉止。」

鐘思喬又笑到不行。

溫以凡也笑：「好了，妳差不多一點。起碼也等他走了再笑，他還坐在那裡耶。」

此時吧檯前的高腳椅已經坐滿，桑延占據著最邊邊的位子。他端起桌上的透明杯，慢條斯理地喝了口酒，表情從容自在，像個放蕩不羈的大少爺。

見狀，鐘思喬總算收斂。

恰好把酒水弄灑的服務生過來了。

這位服務生是個男生，年紀看起來不大，臉上還帶著嬰兒肥。他手端托盤，動作謹慎地上了酒，然後把剛剛溫以凡付的錢也還回來，壓在夾著發票的資料夾板下。

「這是您的酒。」

溫以凡看著錢：「這是……」

沒等她問完，服務生連忙解釋，神色略顯不安：「對不起，剛剛是我的錯。老闆已經交代下來了，您這桌免費。」

溫以凡這才想起桑延的話。

她愣住，下意識拒絕：「沒關係，不用了。錢拿回去吧。」

服務生搖頭：「您還有什麼需要的話，可以隨時叫我。」

他的態度很堅決，溫以凡也沒堅持。她拿起放在一旁的外套：「我剛剛去洗手間的時候，在走廊撿到這件外套，可能是哪個客人不小心忘記了。」

服務生連忙接過：「好的，謝謝您。」

等他走後，鐘思喬朝她眨眨眼：「怎麼回事？」

溫以凡簡單解釋了一下。

鐘思喬瞪大眼：「那他都這樣說了，妳怎麼還要給錢。」

「人家開店也不容易，」溫以凡抿了口酒，「沒必要因為這點小事就拿他的錢。」

「妳怎麼還擔心富二代創業很苦，這少爺有錢也不是一天兩天的事了。」鐘思喬說，「不過，他真的不記得妳了啊？」

溫以凡合理推測：「應該是沒認出來吧。」

「沒認出來？」鐘思喬覺得荒唐，脫口而出，「不是，妳難道不知道自己長什麼樣子嗎？

名字裡有個『凡』就真的覺得自己平凡無奇了？」

溫以凡差點嗆到，無言又好笑，「聽妳這語氣，我還以為妳在罵我。」

也難怪鐘思喬會覺得這回答不可理喻。

因為溫以凡長得很漂亮。跟她溫和的個性完全不符，她的長相極其妖豔，漂亮到帶了攻擊性。那雙狐狸眼像是來勾人魂魄的，眼尾略略上挑，舉手投足間皆是風情。坐在這暗沉的酒吧裡，像是自帶聚光燈一樣。

鐘思喬一直覺得她光靠這張臉就能大紅大紫，哪知她最後卻去當辛苦的新聞記者。

「而且妳現在跟高中時也沒什麼區別啊，就是頭髮比較短……」瞥見桑延那邊的動靜，鐘思喬瞬間改口，「好吧，也有可能。」

「……」

「他這種條件，這幾年把過的妹也不可能少，說不定就有幾個跟妳差不多等級的。」

聞言，溫以凡撐著下巴，看向桑延。

這次，他旁邊多了個女人。

像是不怕冷，女人穿著貼身的短裙，露出兩條白皙筆直的腿。她半靠著吧檯，歪著頭對他敬酒，巧笑倩兮，玲瓏曲線隨著動作被勾勒得清晰明瞭。

桑延抬眼看她，似笑非笑。

在這氛圍的烘托下，也多了幾分調情的意味。

這話題來得短暫，很快地，鐘思喬就說起其他事。注意力被她的聲音拉回來，溫以凡收回目光，跟她繼續聊了起來。

半晌，女歌手唱完最後一首歌。察覺到時間，溫以凡問道：「快十點了，我們走吧？」

鍾思喬：「好。」

兩人起身往外走。

鍾思喬挽住溫以凡的手臂，邊看手機邊說：「向朗剛剛跟我說他下個月回國，下回我們找他一起來吧。去可以跳舞的地方，這裡有點無趣。」

溫以凡應聲：「好啊。」

臨走前，她又往吧檯看了一眼。

桑延還坐在原來的位子，旁邊的女人似乎又換了一個。他的臉上仍然沒帶什麼情緒，像是對什麼事情都漠不關心。

跟她意外的重逢，也真如他所表現出來的那般，只是碰到一個素未謀面的陌生人罷了。

溫以凡不禁恍神，莫名想起他們斷了聯繫之前，最後見的那一面。

寂寞冷涼的夜晚，無月。濃霧暗雲壓迫小城，細雨如毛絨，撲簌簌墜下。窄巷裡唯一的路燈閃爍，飛蟻義無反顧地撞上。

少年髮梢濕漉漉的，睫毛也沾著水珠。膚色淨白，眼裡的光被澆熄。

一切都如夢似幻。

她不記得自己當時是什麼心情，只記得桑延聲音沙啞，最後叫了她一聲：『溫以凡。』接著低眼自嘲：『我也沒那麼差吧。』

也記得，他折去一身驕傲，將自己視為讓人避之唯恐不及的汙穢。

「放心，」他笑，「我不會再纏著妳。」

自從把酒灑在顧客身上，余卓整個晚上都過得戰戰兢兢。做事小心翼翼地，唯恐再犯了相同的錯誤，再度點燃老闆剛褪去的火氣。

等這桌顧客走後，他上前收拾桌子。

將酒杯收好，余卓一扯資料夾板，底下壓著的幾張鈔票揚起。他的動作停住，又注意到軟椅下方掉了一條手鍊。

余卓伸手撿起，面色沉重地走回吧檯。他把托盤往裡面推，對黃毛調酒師說：「小何哥，K11的客人掉了東西。」

何明博接過，抬頭說：「對了，你剛剛拿過來的那衣服，我覺得很像延哥的。」

「啊？我不知道。客人說是在廁所撿到的。」想到錢的事情，余卓抓抓腦袋，「哥，延哥剛交代我這桌免費，但退還的錢K11沒拿走，我要不要跟他說啊？」

何明博瞥他一眼：「去認錯。」

余卓傻住，覺得自己有必要解釋一下，「哥，不是我想吞了這筆錢，是K11沒拿走，我還跟她說了好幾次。」

拿了個透明袋子裝起手鍊，何明博笑道：「延哥可沒這麼講道理。」

「……」好像也是。

雖是這麼想，但余卓上樓去找桑延前，還是忍不住先垂死掙扎了一番。

一整個晚上都看到桑延在吧檯前的位子，也不知道是什麼時候上二樓的。此時，他坐在沙發區最靠裡面的位子，臉上的表情閒淡。

不知聽不聽得進他的這番說辭。

桑延沒出聲，散漫地把玩著手裡的杯子。

氛圍近似威壓。

余卓硬著頭皮出聲緩和：「這可能不是酒錢，我剛聽到那兩位客人在說……」

說到這裡，他突然意識到接下來的話不太對勁，支支吾吾：「但周圍很吵，我聽得不太清楚，所以我也不是很肯定……就、就是……」

一撞上桑延冷淡的眉眼，余卓打了個顫，說話頓時順暢：「我聽到這位客人的朋友問她，來這個酒吧是不是為了來看延哥您的，她說不是。」

桑延的眼神閃動了一下。

余卓：「然後，她說，是、是為了嫖……」

桑延：「……」

「所以這個可能是給您的……」

第三章　不死心啊？

外頭比過來時更冷。

唯一能保暖的毛衣已經濕透，被她放進袋子裡。走到家門前，溫以凡覺得身體都快不是自己的了。她把門打開，又下意識往對面看了一眼。

這個時間，對面的男人應該還沒回來。

往常大多是兩三點，她已經陷入沉睡時，他才會帶著笑路過她的門前，不懷好意地敲打兩下門板。力道很重，在這深夜裡像是雷鳴。

然後便回去自己的房間，沒有做其他動作。令人惱怒，卻又無法做出什麼措施來解決。

溫以凡跟房東說了好幾次，但似乎都沒有任何成效。

鎖了門，溫以凡燒了壺水，順帶傳了封訊息給鐘思喬：到家了。

鐘思喬家離上安遠，現在還在地鐵上：這麼快？我還有好幾站。

鐘思喬：我剛剛一吹風，又想起桑延今晚的行為。

鐘思喬：妳說，桑延是不是怕妳會冷，才把外套扔給妳？然後他又不好意思說，就瞎扯了一個那樣的理由。

溫以凡從衣櫃裡翻出換洗衣物。瞥見這句話，她停下動作：說點有建設性的話。

鐘思喬：我的話哪裡沒有建設性！

溫以凡：他是來解決問題的。

溫以凡：所以大概是怕我因此冷出病來，找他要醫藥費吧。

鐘思喬：那他找人給妳一件外套不就得了。

溫以凡：這麼冷的天，這不是一件容易的事。

鐘思喬：？

溫以凡提醒：他可能借不到。

鐘思喬：……

恰好彈出電量不足的提醒。

溫以凡把手機放到桌上充電，進了浴室。將臉上的妝一點一點卸掉，她盯著鏡子裡的臉，動作突然頓住。

不久前見到的那雙略為陌生的眉眼，在腦子裡一閃而過。

溫以凡垂眸，心不在焉地把化妝棉扔進垃圾桶。

不談現在，就算是以前最熟悉的時候，溫以凡也不算了解桑延。所以她也分不太清楚他是裝作認不出她，亦或者是真的認不出她。

像個拋硬幣猜正反的遊戲，沒有蛛絲馬跡可尋，也無從猜測，僅能憑藉運氣得到結果。

畢竟在她看來，這兩種可能性都是他可能會做的事情。

吹乾頭髮，溫以凡習慣性地打開電腦寫了一會兒新聞稿。直到開始有了睏意，她才回到床上，伸手拿起桌上的手機。

在她進浴室沒多久，鐘思喬又傳來幾封訊息：萬事皆有可能嘛，就算沒有，也可以腦補一下讓自己爽爽。

鐘思喬：我很好奇，妳現在見到桑延是什麼感覺。

後面還有一個八卦兮兮的表情。

溫以凡想了想：的確是滿帥的。

鐘思喬：……沒啦？

溫以凡：別的還沒想到，想到了再告訴妳。

溫以凡：我先睡了，好睏。

平心而論，要說沒什麼感覺是騙人的。但她覺得沒什麼好說的，提起了又要扯一堆，有那時間不如多睡點覺。

她把手機扔下，開始醞釀睡意。

◇

這一覺，溫以凡還是毫無例外地睡得極差。

一直處於半睡半醒的狀態，被光怪陸離的夢纏繞。好不容易覺得下一秒就要掙脫，徹底入睡時，就被對面那個混蛋一巴掌拍在門上吵醒。

把被子從頭頂扯下，溫以凡覺得心裡升起一把火。

溫以凡的脾氣是公認的好，遇上任何事情都能不慌不忙地解決，外露的情緒很少有波動。但可能是人總需要一個發洩的管道，所以她的起床氣極其嚴重。

被人吵醒就會失去理智，更不要說在這種，她覺得自己下一秒就要徹底睡著的情況。

溫以凡嘗試讓自己冷靜下來，只期盼外頭的人能像平時那樣，拍幾下就趕快滾。

哪知道這次他像是中了邪一樣，敲門聲持續不斷，嘴裡還打著酒嗝：「還沒醒嗎？漂亮姊姊，幫個忙吧，我家廁所壞了……我想到妳那裡洗個澡……」

溫以凡閉閉眼，起身把相機翻出來，調整好位置，對著門的方向錄影。然後她拿起手機，直接撥給一一〇，清晰地報出地址和情況。

這麼一鬧，她僅存的睡意也消失得一乾二淨。

半夜，獨自一人居住，門外有醉酒的男人騷擾。溫以凡覺得這種情況下，自己應該是要害怕的，但這個時候她只覺得火大和疲倦，沒有精力去分給其他情緒。

因為一直得不到回應，在警察來之前，男人已經回去自己房間了。

溫以凡把拍下來的片段給警察看，並要求到派出所解決這件事情。既然已經鬧到報警了，她也沒想過要和解，打算事情結束後就搬走。

影片中，門被拍得震天響，還伴隨著男人不清醒的聲音，光看就令人害怕。

警察敲響對面的門。

過了好一會兒，男人才打開門，不耐煩地道：「誰啊！」

在這樣的天氣，他只穿著一件貼身的短袖，露出手臂上威風凜凜的老虎紋身。身材很壯，肌肉一塊塊凸起，就像是一堵牆。

「我們接到報案，」警察說，「舉報你半夜騷擾鄰居。」

「什麼騷擾。」男人沉默幾秒，裝作不清醒的模樣，語氣也沒剛剛那麼凶了，「警察先生，我剛喝完酒回來，喝醉了可能敲錯門了吧，只是個誤會。」

警察板著臉：「人家還提供了影片，你敲錯門，還喊著要去人家裡洗澡啊？不要在這裡胡扯，趕快跟我們回派出所去。」

男人又解釋了幾句，見沒有用處，很快就放棄。

他抬起頭，目光幽深，盯著站在警察後頭的溫以凡。

溫以凡雙手抱胸，靠著門邊，面無表情地回視他。眼裡情緒很冷，沒半點畏懼，反倒像是在看什麼髒東西。

到了派出所。

男人一口咬死，說自己就是喝醉了胡言亂語，溫以凡在另一邊明確地說了這段期間內的狀況。但這件事並未對她造成財務上的損失，勉強也只能說是影響了她的生活，導致她精神敏感又衰弱。

最後，男人只被罰了一點錢，再加上拘留一週就這麼結束了。

走出派出所前，其中一個警察好心提醒她，叫她不要跟人合租房子。不單單是這方面的問題，還有其他的安全隱憂。之前因為某間合租的房子用電超出負荷，引起火災，南蕪政府也已經開始重視這件事，開始擬定政策了。

溫以凡點頭，道了聲謝。

外頭天已經亮了，她乾脆直接過去新聞台。

◇

回南蕪之後，溫以凡投了履歷到南蕪電視台都市頻道《傳達》。《傳達》是民生新聞，以報導本市以及周邊縣市城鎮的民生新聞為主，主旨在於「關注百姓生活，傳達百姓聲音」。

溫以凡覺得自己的情況還滿需要被關注的，胡思亂想著要不要把這件事情當成一則專題報上去，一邊走進辦公室。

裡頭的燈亮著，但沒人。

她到茶水間泡了杯咖啡，現在實在沒什麼精神，連早餐都沒胃口吃。但她也睡不著，隨便滑了滑新聞便開始寫稿。

一整天下來過得渾渾噩噩。

新來的實習生付壯跟她一起外出採訪時，表情一直欲言又止的，最後還是沒忍住：「以凡姊，我是不是哪裡做錯了？」

溫以凡才意識到自己的起床氣持續了快整整一天。

直到交上去的新聞確認完，溫以凡頭一次沒選擇加班，直接收拾東西走人。

夜裡氣溫低，寒風彷若鋒利的冰刃，刮過耳際。

沒走幾步，溫以凡就收到鐘思喬的訊息。

鐘思喬：溫以凡，我死了。

溫以凡：？

鐘思喬：我！真的！要！死！了！

鐘思喬：我的手鍊不見了！

鐘思喬：我男神送我的！我都沒戴過幾次呢嗚嗚嗚嗚！

溫以凡：找不到嗎？

鐘思喬：對……TAT……

鐘思喬：我今天早上在公司才發現不見的，我還以為在家裡，但剛剛回家之後也沒找到。

鐘思喬：我覺得是掉在桑延的酒吧裡了。

鐘思喬：妳下班之後幫我去問一下吧，我從這裡去上安太遠了。

溫以凡：好。

溫以凡：妳也不要太緊張。

溫以凡腦子像生鏽了一樣，遲鈍地思考著方向，然後才重新抬起腳。所幸墮落街距離這裡並不遠，走個七八分鐘就到了。

再往裡面走，找到「加班」酒吧。

她走了進去。

跟昨晚的風格不同，舞台上的位置被搖滾樂隊取代，音樂聲重到讓人耳朵發麻。酒吧內燈光昏沉，氣氛高昂，五光十色的燈光飛速劃過。

溫以凡走到吧檯前。

裡面還是上次那個黃毛調酒師。

溫以凡叫住他：「您好。」

調酒師露出一個笑容：「晚安，想喝點什麼？」

溫以凡搖搖頭，直接說明來意：「我昨天跟朋友過來時掉了一條手鍊，不知道你們有沒有撿到？」

聽到這句話，調酒師似乎是認出她了，立刻點頭：「有的，您稍等一下。」

「好的，麻煩您了。」溫以凡站在原地等。

看著調酒師拉開一旁的抽屜，在裡頭翻了翻。隨後又拉開另一側，又翻了翻。他的動作突然停住，抬頭朝某個方向招手，叫了一聲：「余卓。」

被喚作「余卓」的服務生走過來：「小何哥，怎麼了？」

溫以凡看過去，一眼認出他是昨天在她身上灑了酒的服務生。

調酒師納悶道：「昨天你撿到的手鍊，我不是收到這裡了嗎？怎麼沒找到？」

「啊？那手鍊……」余卓也傻了，又突然想起，「噢，對了。延哥下來拿衣服的時候，把那條手鍊也拿走了。」

以為自己聽錯，溫以凡一愣，忍不住出聲：「什麼？」

余卓下意識重複：「延哥拿走了。」

這次溫以凡聽得一清二楚，還有點不敢相信。

開了這麼大一間酒吧的老闆，居然這麼明目張膽地將客人不小心遺落的財產，據為己有。

調酒師顯然不知道這件事，一臉莫名其妙：「延哥怎麼會拿？那他去哪裡了？剛剛不是還在的嗎？」

余卓像個天然呆：「我不知道啊。」

安靜片刻。

調酒師有點尷尬地看向溫以凡：「抱歉，我們這裡的失物一般是老闆在管。要不然您先留一下聯繫方式，或者您稍微等等，我現在聯繫一下老闆。」

溫以凡不想在這裡待太久，覺得明天過來拿也一樣：「沒關係，我留聯繫方式吧。」

「好的。」調酒師從旁邊抽了張名片給她，「您寫在上面吧。」

溫以凡低頭在上面寫了一串號碼，遞回給他：「那麻煩您再幫忙找找。如果找到了，打這個號碼就可以……」

話還沒說完。

名片突然被人從身後抽走。

溫以凡迅速地回頭，就見到桑延站在她身後，距離靠得很近，像是要將她禁錮在身前。他生得瘦高俊朗，此時微微側著頭，輕描淡寫地往名片上掃了兩眼。

然後，與她的目光對上。

燈紅酒綠的場景，震耳欲聾的音樂，以及菸草與檀木混雜的香氣。

男人眉眼天生帶冷感，此刻卻摻了點吊兒郎當。熟悉而又陌生的眼神。

像是認出她來了。

倏忽間，他的唇角一鬆，似笑非笑道：「不死心啊？」

不懂他的話，溫以凡愣住。

桑延隨手把名片扔回她面前，慢慢站直，與她拉開距離。

「特地過來留聯繫方式的？」

第四章　最男子氣概的名字

他的聲音不輕不重，卻像平地一聲雷，在一瞬間點醒了溫以凡。

昨天晚上她來這裡的時候，桑延說出了怎樣的話。

——『抱歉，我們這裡是正經酒吧。』

——『那還真是遺憾。』

溫以凡微微抿唇，鋪天蓋地的窘迫感將她占據。

所幸周圍吵鬧，調酒師完全沒聽到桑延的話，只納悶道：「哥，你幹嘛啊？」然後，他指指抽屜，將聲音拉高：「你有看到放在這裡的手鍊嗎？」

聞聲，桑延輕輕瞥他一眼。

調酒師解釋：「這位客人昨晚在我們店裡消費，掉了一條手鍊。當時余卓撿到，我……」

說到這裡，他一頓，改口：「你不是收起來了？」

桑延坐到高腳椅上，懶洋洋地啊了聲。

調酒師：「那你收到哪裡去了？」

桑延收回視線，神色漫不經心：「沒看到。」

調酒師愣住，似是被他的反覆無常弄到無言。

與此同時，有兩個年輕女人到吧檯點酒。

像是看到救星一樣，調酒師丟了句「老闆你招待一下，我先工作」，便立刻轉頭去招呼那兩人。

余卓不知何時也已經從這塊區域離開。

只剩下他倆。

儘管是在擁擠喧囂的場合，但也跟獨處沒多大差別。畢竟調酒師說了那樣的話，兩人一站一坐，完全無法融入周遭的氛圍之中，有點詭異。

桑延拿了個乾淨的透明杯子，自顧自地往裡面倒酒，直至半滿。

下一刻，桑延把杯子推到她面前，溫以凡意外地看過去。

男人的黑髮細碎地散落額前，眼睫似鴉羽，面容在這光線下半明半暗。他的手裡還拎著半瓶啤酒，挑了一下眉：「想要我怎麼招待妳？」

這回溫以凡真的有種自己是來嫖的錯覺。

她沉默片刻，沒碰那杯酒：「不用了，謝謝。」

冷場……

想必桑延也是因調酒師的解釋而尷尬，沒再提起聯繫方式的事情。想到這裡裡是他的地盤，溫以凡決定給他留點面子，也沒主動說。

她拉回原來的話題：「你們這裡的失物都是老闆在管？」

桑延笑：「誰跟妳說的？」

溫以凡指了指調酒師的方向。

桑延順著望去，手上的力道放鬆，忽地將手上的啤酒擱在吧檯上。

「何明博。」

何明博下意識抬頭：「噯！怎麼了？」

桑延淡淡地開口：「我什麼時候閒到連失物這種小事都管了？」

何明博明顯沒反應過來，再加上他還在忙，便只說了句，「等一下，我先幫客人調完這杯酒。」

桑延的態度實在說不上好。

溫以凡抿抿唇，把名片放到酒杯旁邊：「那我把聯繫方式留在這裡，你們找到了直接打這支電話就可以，我會過來拿的。謝謝。」

桑延連眼都不抬，敷衍地嗯了聲。

溫以凡也不知道如果他對待任何一個客人都是這樣，這家酒吧是怎麼經營起來的。也可能只對她如此。或許是為她先前的言辭感到不悅，也或許是還對從前的事耿耿於懷，裝作不認得她，見到她也不想給任何好臉色。

今天淩晨去了一趟派出所，之後又因為採訪跑了三個地方。回去要跟房東溝通提前退租、再考慮新住處的事情，還得提防隔壁那男人的報復，有一大堆事情等著她。

相較起來，桑延這點態度，好像也算不上什麼。

但不知為何，可能是因為殘存的那點起床氣，她莫名覺得有點悶。
溫以凡輕聲補了句：「是很重要的東西，麻煩你們了。」
她正準備離開時，桑延突然蹦出一句：「等一下。」
溫以凡停住動作。
桑延喉結滾了滾，又叫了一聲：「何明博，你拖什麼？」
何明博：「啊？」
「客人的東西掉在這裡了。」桑延看他，一字一字地說，「不找？」
桑延都放話了，何明博只能不死心地再次翻找，這次很神奇地在下面的櫃子裡找到。他鬆了一口氣，立刻遞給她：「是這一條嗎？」
溫以凡接過：「對的，謝謝您。」
何明博看了一眼桑延，摸摸後腦勺：「不會不會。耽誤了您那麼多時間，我們很抱歉。」
桑延繼續喝酒，沒說話。
溫以凡點頭，道了再見便離開。

◇

外面又濕又冷，人也少，一路望過去冷清而空蕩。
溫以凡冷到不想碰手機，飛速在微信上跟鐘思喬說了句「手鍊找到了」，便把手塞回口袋裡。她吸了一下鼻子，莫名開始恍神。

思緒漸漸被記憶見縫插針地填滿。

因為剛剛那個惡劣又有點熟悉的桑延，她想起了他們第一次見面的場景。

高一開學當天，溫以凡遲到了。

到學校之後，她連宿舍都來不及回去，請大伯替她把行李放到舍監阿姨那裡之後，便匆匆跑向高一學生的A棟教學大樓，爬到四樓。

穿過一條走廊，往內側的區域走。路過飲水機時，她第一次見到桑延。

少年長身鶴立，穿著藍白色條紋的校服，書包鬆垮垮地掛在肩上。五官俊朗矜貴，表情很淡，看起來有點難以接近。

跟她的狀態完全不同。他像是不知道上課鐘聲已經響了，他還在飲水機旁裝水，看上去一派悠哉。

溫以凡急著去教室，但只知道她所在的班級在這棟樓的四樓，卻不知道具體位置。

她不想在這裡浪費時間，停下腳步，打算問個路：「同學。」

桑延放開開關，水流聲隨之斷掉。他慢吞吞地把瓶蓋蓋好，側眼看過來，只一眼便收回，沒有要搭理她的意思。

那時溫以凡還不認識他，只覺得這個人不怕遲到，在上課時間還能大搖大擺地在這裡裝水，沒半點新生的謹慎和惶恐，更像個遊歷江湖多年的老油條。

所以她猶豫幾秒，改了口：「……學長？」

桑延揚眉，再度看過來。

「請問一下，」溫以凡說，「你知道一年十七班在哪裡嗎？」

這次桑延沒再一副愛理不理的模樣。他抬抬下巴，十分仁慈地出聲：「往前走右轉。」

溫以凡點頭，等著他接下來的話，但桑延沒再開口。溫以凡也沒聽到類似「就到了」這樣的結束語。

怕他還沒說完，出於謹慎，她硬著頭皮又問：「然後呢？」

「然後？」桑延抬腳往前走，語氣閒散又欠打，「然後自己看門牌號碼，難不成還要學長一個一個地報給妳聽嗎——」

他拖著尾音，咬著字句說：「學、妹。」

溫以凡好脾氣地道了聲謝。

按照他說的方向走，一右轉，就看到一年十五班的門牌，再往前，最裡面那間就是十七班。溫以凡加快步伐，到門口小聲地喊：「報告。」

講臺上的班導看向她，垂眸看了一眼點名表，問道：「桑延？」

溫以凡搖頭：「老師，我叫溫以凡。」

「以凡啊。」班導又看向點名表，有點詫異，「點名表上就剩妳和桑延沒來了，我看這個名字更像是女生，還以為是妳。」

還沒等班導讓她進來，溫以凡身後又冒出個男聲：「報告。」

順著聲音，她下意識地轉頭。只見剛剛幫她指路的「學長」站在她的身後，兩人之間只差兩步的距離，拉近後，她才察覺他長得很高。

這距離看他還得仰頭。氣息冷然，平添了幾分壓迫，帶著似有若無的檀木香。

他的情緒淡淡的，很沒誠意地說：「對不起老師，我遲到了。」

「你們先進來吧，位子在那裡。」班導指了指教室裡僅剩的兩個位子，順帶問，「怎麼第一天就遲到了？你們兩個一起來的？」

班導指的方向在教室最裡面的最後一排，兩個位子並排連著。

溫以凡老老實實地回話：「不是一起來的。我家人早上還有重要的事情，送我過來時就有點晚了。再加上我不太認得路，所以就來晚了。」

「這樣啊。」班導點點頭，看向桑延，「你呢？」

「我爸不知道我已經高一了，」桑延逕自走到靠外側的位子，把書包擱到桌上，懶洋洋地說，「把我送到國中那邊去了。」

鴉雀無聲。

又在頃刻間被大片的笑聲覆蓋，靜謐的教室熱鬧起來。

溫以凡的唇角也悄悄彎起。

「那以後你爸送你過來時，記得提醒他。」班導也笑了，「好了，你們坐下吧。」

桑延點頭回了一聲。他拉開椅子，正想坐下時，突然注意到站在不遠處的溫以凡。

他的動作停住：「妳要坐外面還是裡面？」

兩人視線對上。

溫以凡連忙斂起笑意，遲疑道：「裡面吧。」

教室的空間不大。

課桌椅被分成四組，每組七排兩列。最後一排沒剩下多少空間，椅子擠壓牆壁，進去的話得讓外面的人讓點空間出來。

桑延沒說話，往外走了一步，讓她先進去。

講臺上的班導又開始發言：「我再自我介紹一遍吧，我是你們接下來一年的班導，也是你們班的化學老師。」說著她拍拍黑板：「這是我的名字。」

黑板上工工整整地寫著「章文虹」三個字，以及一串電話號碼。

溫以凡從書包裡拿出紙筆，認真地記了下來。

過了一會兒，前桌男生的身體忽地往後靠，手肘搭在桑延的桌子上。他似乎認識桑延，不甚明顯地轉頭，嬉皮笑臉地道：「桑姑娘，你的名字的確還滿女孩子氣的。」

溫以凡愣了一下，頓時想起剛進教室時章文虹說的話——『點名表上就剩下妳和桑延沒來，我看這個名字更像是女生。』

聞言，溫以凡的注意力落到桑延身上。

他人生得高大，坐在這狹窄的位子上，長腿都塞不進桌子底下，頗有綁手綁腳之感。其中一條乾脆撐在外側。眼神低垂著，總給人一種睡不醒又有點不耐的感覺。

他面無表情地看著前面的男生。

「這可不是我說的啊，剛剛老師說的。但她這麼一說，我再仔細看了一下你的名字，的確能把我迷得神魂顛倒。」男生強忍著笑，「要是你是個女的，我一定把你。」
桑延上下掃視他，然後慢條斯理道：「蘇浩安，你有沒有照照鏡子？」
蘇浩安：「啥？」
「我是個女的，就看得上癩蛤蟆了？」
蘇浩安瞬間黑了臉，沉默三秒，「你滾啦。」
溫以凡分神聽著他們的對話，有點想笑。這語氣還讓她想到剛剛桑延自稱學長、叫她學妹的事情。她在心裡嘀咕了句「不要臉」。
此時章文虹被另一個老師叫了出去，少了鎮場的人，教室裡的吱喳聲逐漸變大。
「還有，我的名字呢，」桑延還沒說完，繼續胡扯，「是我老爹翻了七天七夜的中華大詞典，開了一百八十次家庭會議，之後再三挑選……」
溫以凡托著腮幫子，思緒漸漸放空，逐字逐句地聽著他的話。
只聽到他停了幾秒，吊兒郎當地把話說完：「才選出最有男子氣概的字。」
吵鬧至極的背景音帶來安全感，溫以凡盯著筆記本上的字眼，微微嘆了一聲，低不可聞地嘀咕：「結果還沒我有男子氣概。」
蘇浩安嘲諷地「哈」了一聲：「那你怎麼不直接叫桑男子呢？」
溫以凡莫名被戳中笑點，低頭無聲地笑。過了半晌，她忽然察覺到旁邊的桑延一直沒回應蘇浩安的話。
沉默無語，甚至安靜得像不存在一樣。

她看向桑延，這才發現不知什麼時候開始，桑延的目光已經挪到她的身上。漆黑微冷的眉眼，星點的陽光落在他的眼角，也沒染出幾分柔和來。直白不收斂，帶了點審視的意味。

溫以凡心臟跳了一下。

什麼情況？

不會聽見她剛剛的話了吧……不會吧？不至於吧？

還沒等她得出結論。桑延的指尖輕敲桌沿，悠悠地道：「啊，對，還來不及問。」

溫以凡呼吸一窒，捏緊手中的筆。

「新同桌？」桑延偏頭，略顯傲慢地問，「妳叫什麼名字？」

第五章　群組訊息

溫以凡還隱約記得。

當時自己若無其事地報出名字後，桑延只是拉長尾音「啊」了聲，之後也沒再說什麼。

現在想起來，她莫名還能腦補出他當時的心路歷程，大概先是——「我倒要聽聽妳的名字多有男子氣概」，再到——「溫以凡？」最後到——「噢，也不過如此」。

那高傲到不可一世的模樣，跟現在幾乎毫無差別。

但也許是因為年紀增長，他不像少年時那般喜形於色；也或許僅僅是因為多年未見，兩人之間變得陌生，比起從前，他身上的冷漠近乎涵蓋了所有情緒。

恰好到了地鐵站，溫以凡邊從包包裡翻著票卡邊拿出手機，看到鐘思喬的訊息，她隨手回覆了幾句。然後，她突然記起自己的微信裡，好像是有桑延這一號人物的。

前兩年用微信的人多起來後，溫以凡也註冊了帳號。當時她直接選了通訊錄導入，手機裡還有桑延的號碼，所以也向他發送了好友申請。

那邊大概也是順手點了同意，畢竟從加好友到現在，兩人一句話都沒說過。

不過溫以凡覺得，他同意的時候，應該不知道這個人是她，因為她那時候早已換成宜荷的號碼了。

想到這裡，溫以凡點開通訊錄，拉到「S」那一欄，找到桑延。點進桑延的頭像，掃了一眼他空蕩蕩的朋友圈，很快就退出。

一篇發文都沒有。想必是把她封鎖了，又或者是早就把她刪除好友了？還是說她加的這個人根本就不是桑延，人家可能也早就換手機號碼了。

溫以凡在刪除鍵上猶豫了幾秒，最後還是選擇退出，畢竟不太確定，她也沒有刪人的習慣。

讓他在這裡無聲無息地躺好，似乎也不怎麼礙事。

◇

回到家，溫以凡先打了電話給房東，商量退租的事情。

這個房東人很好，因為多次聽她說了這個情況，也同情她一個女生住在外面，馬上就同意了。說是如果她現在想搬，押金和提前交的房租也都可以退還給她。

溫以凡感激地道了聲謝。

解決了房東這邊，她打開電腦，開始逛租屋網站。

逛一圈下來，都沒找到合適的，因為南蕪的房子實在是不好找。

大城市，一房一廳傢俱齊全，近上安，治安好。溫以凡目前看到的，房租一個月最便宜也得一萬人民幣以上。

這對於她目前的經濟狀況來說，確實很困難。

溫以凡有點頭痛，乾脆跟鐘思喬說了一聲：喬喬，我打算搬家。

溫以凡：妳有空的時候，幫我問問妳朋友那邊還有沒有合適的房子。

很快，鐘思喬就打了通電話過來，溫以凡接起。

鐘思喬覺得很奇怪，單刀直入道：『怎麼了？怎麼突然要搬家，妳當時不是交了三個月的房租嗎？』

「鄰居騷擾。」溫以凡言簡意賅，平靜地把今天發生的事情敘述一遍，「我今天淩晨報警，跟他鬧到派出所去了。現在他被拘留五天，我怕他之後會報復，還是早點搬比較好。」

鐘思喬傻了，半天才反應過來，『妳沒事吧？妳怎麼都沒跟我說。』

「沒什麼事，他之前也沒做什麼太誇張的行為，就敲敲門。去派出所的時候都三四點了，而且有員警在，很安全，沒必要讓妳跑一趟。」溫以凡說，「妳過來太遠了，而且三更半夜的。」

『對不起啊。』鐘思喬很內疚，『我之前還覺得這間房子滿好的，便宜又離妳公司近……』

「妳道什麼歉，沒妳幫我找地方住，我說不定就得露宿街頭了。」溫以凡失笑，「而且我也覺得這房子很好啊，要不是這個鄰居，我都打算長租了。」

『唉，那妳打算怎麼辦？這段時間要不要先來我家住啊？』

「不用，妳嫂子不是剛生了第二胎嗎？」溫以凡說，「我去了怕會讓他們不自在，也怕給他們添麻煩。真的沒關係，我找到房子就搬。」

鐘思喬家裡人多，除了一個結了婚的哥哥，還有一個在讀高中的妹妹，都還跟父母住在一起。平時她下班之後，還要幫忙照顧妹妹和侄子。

知道自己家的情況，鐘思喬也沒再提，又嘆了口氣。

『那妳要不要去妳媽那？』

「我沒跟她說我回南蕪了，而且她那裡也沒地方給我住。」沒等她再問，溫以凡就換了話題，「要是在我鄰居出來前我還沒找到房子，我就去妳那裡住幾天。」

鐘思喬這才稍稍放下心：『可以啊。』

溫以凡扯開話題，半開玩笑：「想想還有點後悔這一時的衝動，我今天看到我鄰居的腿有水桶那麼粗，感覺拿刀砍都得砍半小時。」

鐘思喬忍不住吐槽，『妳這樣講也太可怕了。』

「所以我這不是害怕嗎？」溫以凡慢吞吞地說，「要是他懷恨在心，之後想報復我，說不定還會出現這樣一種可能——」

『什麼？』

「我拿著電鋸都不一定打得過他。」

『……』

掛了電話。

溫以凡打開另一個租屋網站，又掃了一遍。看了半天也沒看到合適的，她乾脆關掉電腦，起身去洗澡。

搬家這件事，說急也急不來。要是病急亂投醫地找了新住處，又出了大問題，那就完全沒意義了，反倒耗神又耗力。

溫以凡不太想麻煩人，但要是短時間內找不到房子，她也只能先去鐘思喬那裡住一段時間了。

◇

隔天就是今年的最後一天。

南蕪市政府和南蕪廣電聯合舉辦了一個跨年煙火秀，分成兩個觀賞區，分別是淮竹灣度假區和東九廣場。門票是免費的，但需要透過線上平台提前預約抽籤。

只有預約了，並且中籤了的市民才能參與。

先前鐘思喬預約時，選的是淮竹灣觀賞區，中籤之後還邀請溫以凡一起去，但溫以凡沒有浪費她的名額。

這個活動前兩週，電視台就先分配好人手了，溫以凡照例要加班，去現場做直播。但跟鐘思喬去的地方不同，她去的是東九廣場。

溫以凡跟電視台申請了採訪車。一行人提前過去做準備，開車的是帶她的老師錢衛華。除了他們，付壯也一起跟了過去，外加一個老記者甄玉充當出鏡記者。

到那裡時，距離煙火秀開始還有好一段時間。

廣場有ABC三個出入口，劃分成三個不互通的觀賞區域。現場的人不少，此時正在門口查驗入場券和身分證，陸陸續續進場。

他們只是台裡分配下來的其中一組，被分到A區。

除了他們，還有不少電視台和報社的記者來。

找到一個合適的拍攝點，錢衛華開始測試設備。這算是比較大型的活動，現場人多且雜，沒有固定座位，什麼職業、什麼年齡層的都有。

可能是看到記者直播覺得新奇，周圍漸漸圍了一批人，窸窸窣窣地看著這邊說話。

廣場被海水和夜色籠罩，遠處高樓鱗次櫛比，射出五彩斑斕的光帶。海風染上低溫，濕而潮，發了狠似的撲面襲來，順著縫隙鑽入骨子裡。

溫以凡還沒重新徹底適應南蕪這濕冷天氣，再加上今天月經剛來，現在又開始難受。

她從包包裡翻出口罩戴上。

又站了一會兒。溫以凡看了一眼時間，打算趁空閒的時候去趟洗手間。錢衛華和甄玉還在跟導播室溝通，她也沒打擾他們，直接跟付壯說了一聲。

順著路標走了一百公尺左右，總算看到公共廁所。隔壁還有個破舊的小涼亭，裡頭坐著滿滿的人，或休息或等待。

廁所空間並不大，女生隊伍已經排出門外五公尺了，但男廁門口倒是一個人都沒有。

兩邊對比鮮明。

溫以凡認命地過去排隊。

她百無聊賴地拿出手機，滑了一會兒微博，沒多久，就聽到不遠處傳來淺淺的對話聲。其中一個聲音還有點熟悉，溫以凡順著望去。

涼亭靠外的小空地，燈光白亮，有點刺眼。

她稍稍瞇起眼睛，視野變清晰的同時，在那塊區域再次看到昨天剛見過的桑延。

她有種自己看見幻覺的感覺。

從這個角度，只能看到他的側臉。

男人表情漠然，虛靠著涼亭，穿著件軍綠色的防風外套，顯得肩寬腿長。他用紙巾擦著手，看起來像是剛從廁所裡出來。

身子稍稍弓著，跟坐在旁邊長椅上的中年女人說話。

女人抬頭瞥他：「好了？」

桑延：「嗯。」

女人站起來：「那你在這裡等只只吧，她還在那裡排隊，我要先去找你爸了。」

桑延動作停住，緩緩抬起眼，「上個廁所也要人等？」

「這裡人不是很多嗎？」女人說，「而且我去跟你爸過兩人世界，你跟著幹什麼？」

「所以妳叫我來幹什麼？」桑延生氣了，「幫妳帶孩子？」

女人拍拍他的手臂，似是有些欣慰：「你要是早有這種覺悟，你媽我也不用總像現在這樣絞盡腦汁瞎掰理由了。」

桑延：「……」

臨走前，女人又說了一句：「對了，你順便跟你妹談談心，我看她最近壓力好像很大，這段時間都瘦一圈了。」

桑延拉了一下唇角，要笑不笑地道：「我跟她談心？」

女人：「嗯，怎麼了？」

「我跟她不光年齡有代溝，」桑延從口袋拿出手機，語氣閒閒地，「性別也有，所以這件事還是交給您吧。」

沉默三秒。

女人只說了十個字：「我現在叫不動你了是吧？」

等女人走後，溫以凡才意識到自己一直在聽他們說話。隊伍在此刻移動了，她收回注意力，順勢往前走了幾步，這個位置也看不到後面的桑延了。

過了大約一分鐘，鐘思喬傳了三封訊息來。

鐘思喬：（圖片）

鐘思喬：我嚇死了。

鐘思喬：我之前客套傳去的群組祝福訊息，他從來沒回過，我還以為他不用微信了。

溫以凡點開圖片來看。

是鐘思喬跟桑延的聊天紀錄。桑延傳來一封訊息。

看上去像是發給一群人的，只有四個字：新年快樂。
見狀，溫以凡下意識退出聊天視窗，掃了一眼未讀訊息。
沒有看到桑延。
但她通訊錄裡桑延的頭像和截圖中是一樣的，所以應該沒加錯。
那她怎麼沒收到訊息……他總不會那麼小心眼，故意不傳給她吧。
還是說，不是傳給群組的？
但沒多久前，他還在自己眼前被他母親教訓，也沒見到他有這麼多閒工夫，一個一個傳祝福訊息。
想了好一陣子，溫以凡覺得最大的可能性，就是如之前所想的那般——他已經把她刪了。
這麼一想，她順勢聯想到自己通訊錄裡那些雜七雜八的人，乾脆也編輯了一封群組訊息，借此把那些已經封鎖她的人清掉。訊息傳出去沒多久，立刻有十幾封回覆。
溫以凡從下至上，一一點開，偶爾回覆幾句。
點到最上面一封時，溫以凡愣住了。因為她驚悚地發現，回訊息的人是她心血來潮想發群組訊息的導火線，是她剛剛誤以為早已把她刪除的人，此時還站在離她幾公尺遠的地方。
他只回了一個符號。
桑延：？

第六章　不是跟你說

溫以凡的眉頭皺起，心臟也莫名跳了一下。

怎麼突然回覆了？而且丟個問號過來是什麼意思？

溫以凡視線往上，盯著自己傳出去的那五個字。

──『新年快樂啊^_^』

一時之間，溫以凡有種不識字的感覺。她傳出去的應該是祝福，不是什麼汙言穢語吧……

更別說他只丟個問號的行為也是頗為莫名其妙，溫以凡隔著螢幕都被他震懾到了。

這反應就像是看到了一個老死不相往來的人一樣，不管對方說了什麼，就算是祝福訊息，也要丟個問號來酸一下。

溫以凡猶疑地在對話方塊輸入：你知道我是……

還沒打完，她用眼角餘光注意到身旁有人跟她擦肩而過。溫以凡下意識抬眼，發現桑延走到她前方一公尺左右的位置，在一個女生旁邊停下。

女生身材細瘦，安靜地低著頭，像是在看手機。

想起桑延跟他母親的對話，這個應該是他妹妹。

溫以凡對這小女生還有點印象。高中的時候她見過，名叫桑稚，比桑延小了六七歲。那時她個頭還小小的，生得像個精緻的陶瓷娃娃，溫以凡跟她說話還得彎下腰來，現在都長得跟她差不多高了。

桑延懶懶道：「小鬼。」

桑稚抬頭：「幹嘛？」

桑延：「聽說妳最近壓力很大？」

桑稚很敷衍：「沒有。」

桑延自顧自地繼續問：「因為快要大考了？」

溫以凡跟他們之間只隔了一個人。

這距離，他們說話就像是在前面播放電視劇一樣，清晰無比。她不想刻意去聽，也依然源源不斷地傳入她的耳中——

「就說了沒有。」

「想那麼多幹嘛？」像是要把母親交代下來的任務貫徹落實，桑延悠悠地說，「妳哥我當初不念書，不也考上南蕪大學了。況且，妳資質雖然不行，我們家也有錢讓妳去重考。」

「你不念書？你以為我不記得了嗎？」桑稚瞪他，語氣中都透露出她的厭煩，「放心吧，你當時拚死拚活才考上南蕪大學，我閉著眼睛都能上。」

「……」

「還有，」吐槽完這點，桑稚又道，「我今天聽媽媽說，你辭職了？」

「……」

「該不會是真的吧？」

桑延側頭：「關妳什麼事？」

桑稚也開始自顧自地說：「你是不是被炒了不好意思說啊？」

沒等桑延再開口，他的手機響了起來。他低頭看去，突然蹦出了一句：「我說話妳聽不進去，那就讓妳『親哥哥』來安慰妳幾句？」

「什……」可能是看到來電顯示，桑稚瞬間消了音，過了幾秒才低聲說，「不要。」

之後桑延也沒多說，走回涼亭那邊接電話去了。

安靜下來。

雖然有些話溫以凡也聽不太懂，但被迫近距離偷聽認識的人說話，還是讓她有點不自在。

所幸臉上還戴著口罩，給了她幾分安全感。

溫以凡重新點亮手機螢幕。

注意到輸入框內還未發送的話，又覺得不太妥當，伸手全部刪掉。她想委婉地確認對方是不是知道這是她的微信，思來想去，最後也只謹慎地回了個：？

大概是還在打電話，那頭沒立刻回覆。

盯著看了兩秒，溫以凡突然意識到一個問題。

就算桑延真的把她封鎖了，但她的朋友圈可沒有封鎖桑延。

這麼一想，溫以凡立刻點開自己的朋友圈。

這段時間事情太多，上一條朋友圈已經是兩個多月前了。當時還在宜荷市，好像是跟同事去酒吧時發的。

溫以凡的目光定住，映入眼簾的是一張她跟前同事們的自拍照。

照片裡的其他人露出牙齒，笑得燦爛，擺出各種拍照姿勢。溫以凡坐在左下方的位置，皮膚白到像是曝光過度，只溫和地看著鏡頭，嘴唇彎起淺淺的弧度。

五官極為清晰。

隊伍漸漸排進廁所裡，恰好同時有幾個人出來，輪到了她。溫以凡回過神，把手機放回口袋，順著往裡面走。

片刻後，溫以凡走了出去。

洗手台是男女共用的，在男女廁中間，兩三公尺寬。溫以凡打開水龍頭，腦子有點混亂。

所以之前在酒吧，他就是裝作不認識自己；群組祝福也是刻意不傳給她，看到她的訊息頭一個反應就是酸她。

溫以凡抬頭，透過面前的鏡子，她看得到還站在原本位置的桑延。看上去已經講完電話，他單手插在口袋哩，另一隻手把玩著手機，也不知道有沒有回她訊息。

下一刻，溫以凡看到桑稚也從廁所裡出來了，走到旁邊的洗手台。但水龍頭可能是壞了，打開也沒有水。

溫以凡剛好用完了，把位置讓給她：「妳用這邊。」

桑稚立刻說：「謝謝。」

視線對上溫以凡時，她似乎是愣了一下。

溫以凡沒注意到，收回視線，邊掏出手機邊往外走。點亮手機，介面還停在跟桑延的聊天視窗，他這次連半個標點符號都沒施捨給她。

溫以凡明白原因，沉默了一會兒，忍不住在對話方塊輸入一句「要不然我們互刪吧」。

很快又刪掉。

瞥見他們互傳的兩個問號，溫以凡一頓，突然覺得這個聊天紀錄火藥味十足，有種「混蛋就你他媽會丟問號嗎」的感覺。

但她本意並不是想要跟他爭吵。溫以凡不想在節日裡鬧得不愉快，想著該怎麼退讓。

她敲了一個字。

『那……』

盯著桑延傳來的問號以及自己傳出去的「快樂」兩字，她遲疑著繼續敲。

『不快樂也行。』

發送成功之後，溫以凡也離桑延所在的位置越來越近。隔空擦肩而過之際，她不自在地垂下頭，用餘光看到他似乎點開了微信。

男人長睫低垂，盯著螢幕上的內容。

不知是不是錯覺，溫以凡似乎聽到他輕哼了聲。

她的後背一僵。

繼續走了好一段路。

直到拉開距離了，溫以凡不知從何而來的心虛感才總算消退。她重新看向螢幕，依然如她所料地沒有回覆。

她嘆了一聲，沒時間再想這個事情。

覺得自己去的時間有點久，溫以凡不敢再拖，快步回到拍攝地點。

現場跟她離開時的區別不大。

廣場內弄了裝飾，植物以及小建築上都纏了一圈彩色燈帶，帶來過節的氛圍。周圍人來人往，有工作人員在維持秩序，望過去一片喜氣洋洋。

所有前期準備都已經就緒，只等著新一年的到來。

錢衛華和甄玉正在聊天。付壯站在他們旁邊，極為乖巧地聽著，不發一語，見到溫以凡回來了，他立刻小心翼翼地湊過來。

付壯是前兩週新招的實習生，今年大四。人不如其名，個頭不高且瘦，像個竹竿。長了張正太臉，說話聲音卻反差十足地極低：「姊，妳要是再晚來一步……」

溫以凡還以為發生了什麼事：「怎麼了？」

付壯沉痛地說：「妳可能就只能看到我被凍死的屍體。」

溫以凡點頭，「那謝謝你了，我正缺題材呢。」

「在妳眼裡我居然只是個題材！」付壯控訴她，凍得發抖，聲音卻還很有精神，「我靠，我真的冷斃了，這風吹得我鼻涕都出來了。」

溫以凡看他。

這年紀的男生大多要風度不要溫度，付壯也不例外。他只穿了一件牛仔外套，看起來就完全沒有禦寒的效果，嘴唇都凍紫了。況且他又瘦，彷彿下一秒就要被這海風吹垮。

「海邊本來就會比較冷，以後出來跑新聞穿多一點。」說著，溫以凡從口袋裡拿出一個暖暖包給他，「放口袋裡暖暖手。」

「噯，不用。」付壯沒想過要拿她東西，「姊，妳自己拿著吧，妳是女孩子，一定比我更冷。」

「但我口袋裡已經有兩個了。」溫以凡說，「這個沒地方放。」

這回付壯毫無負擔地接過，順帶扯了個話題：「對了姊，妳之前看過煙火秀嗎？」

溫以凡嗯了聲：「不過沒看過這麼大型的。」

付壯：「對著煙火許願有用嗎？」

溫以凡：「沒有。」

付壯喃喃咕咕：「我就只許個，明年能找到女朋友的願望。」

溫以凡笑：「那更沒用了。」

「以凡姊，妳怎麼這樣！」付壯嚷嚷道，「那我許個，再長高五公分的願望總行了吧！男生二十了，會不會再長高啊……」

這回溫以凡沒打擊他。

說到這裡，付壯忽地指著某個方向：「噯，就那樣差不多，我的夢想就是長這麼高。比他矮半個頭我都心滿意足了。」

溫以凡看了過去，瞬間緘默。非常巧的，付壯指的人正是桑延。

也不知道該說是他們太有緣分，還是該說他陰魂不散。

他站在距離這邊十公尺左右的地方，整個人倚著欄杆，外套被風吹得鼓起，下顎微斂，漫不經心地玩著手機。剛剛跟他在一起的桑稚已經不知道去哪裡了。

「他完全就是我理想中的身材。」付壯感嘆，「今天能不能在上天和煙火的見證下，把我的頭安裝到他的身體上？」

溫以凡挪回視線，好笑道：「你怎麼不把他的臉也偷過來？」

付壯明顯也有這種想法，話裡動搖的意味很明顯：「兩樣都拿是不是不太好啊？」

錢衛華突然喊他們。

大概是覺得忽略他們太久了，開始有了幾分愧疚，於是非常敬業地把他們叫過去，說起出外景直播的各種注意事項。

時間漸漸過去。

跨年在即，氛圍越來越熱烈。遠處高樓上的ＬＥＤ螢幕已經開始倒數，四周人聲鼎沸，在最後一分鐘時，開始有人跟著數字喊了起來。

「──五九、五八、五七……」

「──五、四、三……」

「──二！」

「——！」

最後一聲落下的同時，無數煙火往上升，在夜幕中拉出不同顏色的線條，然後在某個位置用力炸開。斑駁的光暈開出各式各樣的花，重重疊疊地綻放。

在場的人紛紛舉起手機，找到自認為最佳的拍攝位置，將畫面錄下來。

等錢衛華沒什麼吩咐了，溫以凡也拿出手機拍了幾張照片，被前面的人擋住了便換個地方，整個過程持續了十多分鐘。

不知不覺間，溫以凡被人群擠到外頭，到了欄杆附近。注意到煙火秀差不多要結束了，她正想回去找錢衛華，忽地被路過的一個人撞了一下。

溫以凡不受控地前傾了幾步，然後撞到一個人身上。

她立刻後退，仰頭下意識地道：「抱歉。」

話脫口而出時，才察覺到她撞到的人正是桑延。此時，他正垂眼看她，神色複雜，看著似乎是在跟人講電話：「嗯……準備回去了。」

出於禮貌，溫以凡硬著頭皮又說了次抱歉。

桑延輕描淡寫地打量了她須臾，然後朝她點了一下頭。

像是在示意自己聽到了。

溫以凡往回走時，隱約聽到他跟電話裡的人說了一句：「新年快樂。」

回到錢衛華身旁後，溫以凡後知後覺地摸摸臉。摸到還戴在臉上的口罩，她動作停住，神經隨之放鬆。擋住臉，他應該認不出來……吧。

電話那頭的大學室友兼朋友錢飛嘰哩咕嚕地說著話，被桑延一連打斷了兩次，他沉默了幾秒：『喔，你啥時回家我並不關心好嗎？不過還是謝了，兄弟，你也新年快樂。』

桑延挑眉：「謝什麼？」

錢飛：『你不是在跟爸爸我說新年快樂嗎？』

「不要自作多情。」桑延拖著尾音，懶洋洋地道，「不是跟你說。」

第七章　白月光

直播結束後，甄玉又採訪了幾個來看煙火秀的市民，之後一行人便收拾東西返程。

想到剛剛的事情，溫以凡內心總有種不踏實感，便叫了一起坐在後座的付壯：「大壯。」

付壯應了聲：「嗳。」

溫以凡的口罩還沒摘：「要是你在路上看到我，我像現在這樣戴著口罩，穿的衣服也是你沒見過的。」她停了一下，認真地問：「你認得出來嗎？」

「只戴口罩，」付壯思考了一下，非常嚴謹地詢問，「其他地方都不遮嗎？比如戴個墨鏡或者戴個帽子什麼的。」

「就現在這樣。」

付壯理所當然道：「當然認得出來啦！」

「……」

「以凡姊，說實話，我還沒見過長得比妳好看的人。」付壯不好意思地抓抓頭，「我第一天來上班，看到妳的時候，還以為妳是哪個跑錯棚的大明星呢。」

副駕駛座的甄玉笑道：「小凡的確長得很漂亮。」

「現在看也還是漂亮，」閒暇時間的錢衛華比平時和藹許多，打趣道，「小凡，有男朋友了嗎？哪天老師把兒子介紹給妳認識認識。」

甄玉笑罵：「得了吧你，你兒子小學還沒畢業吧。」

付壯嬉皮笑臉：「那要不然考慮一下我？」

也沒因為他們的調侃而惱怒，溫以凡笑著接了句：「等你的新年願望實現了再說。」

付壯嚷嚷：「以凡姊，妳怎麼這樣！」丟下這句，付壯又湊過來，小聲說：「不過……」

溫以凡：「嗯？」

「姊，因為妳今天給我一個暖暖包，我太感動了。」付壯眼睛很大，神色像是在求誇獎，「所以我許願的時候，還幫妳許了一個。」

「許了什麼？」

「我希望妳能儘早找到一個對妳超級好的男朋友。」付壯握拳，「各方面條件也都超級好，長得還像今天我們見到的那個男人那麼帥！」

「……」

◇

溫以凡到家的時候，已經接近淩晨兩點。

熬夜對她來說是家常便飯，現在倒是不覺得睏，只是疲倦到不想動彈。她換上拖鞋，直接坐到床邊的地毯上，懶懶地滑了滑手機。

因為先前傳到群組裡的訊息，未接電話和未讀訊息都不少。

順著一一回覆，溫以凡繼續往下滑，直到滑到前面的訊息——仍然沒絲毫動靜的桑延。

她點進去，瞥見那句「不快樂也行」，溫以凡頭皮一緊。

當時沒考慮太多，只是想開個玩笑緩解一下氣氛，所以也沒覺得不對勁。但現在再看怎麼就變了味道，像是在挑釁一樣。

對方明顯不想搭理她，溫以凡也沒再說話自討沒趣。她心不在焉地開始神遊，莫名想到桑延今天跟他妹妹桑稚的對話。

然後，回想起高一的時候。

那時他們兩個的成績都很差，在年級墊底的班裡，還排在中後段。

溫以凡是以舞蹈生的身分考進南蕪一中的，成績自然不太好；而桑延有自己的偏好，除了數理化，其他科目根本不學，每次成績都像被狗啃了一樣難看。數理化幾乎科科滿分，其他大多都是三四十。

每回考試成績出來後，桑延都會拿她理科的考卷來看，邊看邊挑眉笑。

次數多了，溫以凡脾氣再好還是忍不住說：「桑延，你看我的考卷是沒有用的，你得從自己做錯的題目中找到問題。」

「嗯？妳對我這是哪門子的誤解？」桑延抬眼看她，指尖在她考卷的某個紅叉叉上打了個轉，吊兒郎當又欠揍地說，「我的考卷上就不存在這種東西。」

溫以凡收回思緒，拿上換洗衣物去洗澡。

關於桑延裝作不認識她這件事，她其實是可以理解的。

想必是看到她的那一瞬間，想起了年少輕狂時曾為不值得的人做過的蠢事，想起了人生中唯一的黑歷史。也因此，他不想再跟她有任何的交集，裝作不認識是最好的選擇。

想到這裡，溫以凡思考了一下從桑延的角度看到的情況。

早已遺忘的、曾經心儀過的對象突然來到自己的酒吧，還提出近似要嫖他的話；故意落下手鍊，以此換得第二次見面；刻意傳來祝福訊息套交情；最後還裝作被人撞到，跟他有了肢體上的接觸。

也不知道這回他會腦補出多少東西來。

◇

新的一年還是照常過。

跟鐘思喬說完沒多久，鐘思喬就把做房屋仲介的同學帳號傳給溫以凡。

但按照溫以凡所提出的價位，這個人推薦給她的好幾間房子都是跟先前一樣的合租房，要不然就是在郊區那邊的小套房。

最後還是鐘思喬建議她，要她考慮找人合租，因為兩房或三房平攤下來會便宜不少。

溫以凡接受這個建議，但也不知道去哪裡找合租室友。對面那個鄰居帶給她的心理陰影太大，讓她不敢去找陌生人當室友，只想找個認識的同性朋友。

週五下午，溫以凡從編輯室出來，去了趟廁所，走出隔間後恰好碰上同團隊的王琳琳。

王琳琳在《傳達》待了三年，比她大幾歲，長相和聲音都很甜。元旦那天她輪休，加上她常常遲到早退，溫以凡還有種很久沒見過她的感覺。

溫以凡主動跟她打了聲招呼。

王琳琳順著鏡子看她：「嗳，小凡，妳的口紅是什麼色號？還滿好看的。」

溫以凡下意識道：「我今天沒上唇膏，但我平時用的色號是……」

「哎呀！」不等她說完，王琳琳就打斷她的話，嬌嬌地說，「什麼沒上唇膏啊，都是女人就誠實點好嗎？妳要是想問我化妝品的牌子，我也會告訴妳啊。」

說完，也不等她回答，王琳琳便踩著高跟鞋走出廁所。

溫以凡茫然地站在原地，看著鏡子，然後遲疑地用手背抹抹嘴唇。真的沒擦唇膏啊。

回到辦公室。

溫以凡走回自己的位子。王琳琳的辦公桌在她斜後方，現在她正半坐在辦公桌上，扭頭跟溫以凡隔壁桌的蘇恬說話。

蘇恬跟溫以凡是同一批進來的，兩人年紀相仿，關係還算不錯。

溫以凡笑道：「在聊什麼？」

蘇恬：「聊琳姊跟她男朋友跨年夜的事情。」

「就隨便說說。」王琳琳擺手，很隨意地說，「我也是運氣好，剛好元旦輪休，就跟我男朋友去淮竹灣那邊過了一晚。吃個燭光晚餐、泡個溫泉什麼的，他還轉了五二〇〇和一三一四元給我，也沒做什麼，過得還滿無聊的。」

「真羨慕妳，琳姊。」蘇恬扯了一下唇角，強行扯開話題，「對了以凡，妳不是要搬家嗎？新房子找到沒？」

王琳琳神色詫異，立刻問：「嗳，小凡，妳要搬家嗎？」

溫以凡：「對啊。」

「還真巧！」王琳琳跳了起來，神色很驚喜，「我最近正在煩惱呢，我之前那個合租室友辭職回老家去了，我還沒找到合適的人跟我一起住。」

溫以凡愣了一下，還沒反應過來。

王琳琳：「妳要不要考慮一下我那裡？」

蘇恬主動說：「琳姊妳家住哪裡啊？以凡想找離公司近點的。」

王琳琳：「就尚都花城啊，很近的。」

溫以凡知道這個社區，離她現在住的地方很近，平時她上下班都會經過，是近幾年新建成的，算是那片區域比較高檔的社區。

蘇恬看了溫以凡一眼，又問：「那除了妳之外，還有別的合租室友嗎？」

「沒有沒有，就我一個。」王琳琳拍拍溫以凡的肩膀，笑得很可愛，「放心吧，我不會亂帶人回來的，我們要是真的當室友，住之前也可以提一下注意事項什麼的。」

「妳如果想的話，今天下班之後可以先跟我去看看房子……」說到這裡，王琳琳改口道，「哎呀，不行。還是明天吧，我今晚要跟我男朋友去看電影。」

溫以凡應道：「好，那就明天吧。」

趁王琳琳去茶水間的時候，蘇恬湊了過來，神色有點擔憂：「妳真的要跟她一起住啊？我覺得她還滿煩人的，整天講她那個剛交的富二代男朋友。而且我覺得她因為妳長得好看，對妳說話總是陰陽怪氣的。」

溫以凡大致清楚王琳琳的個性。

沒什麼壞心眼，就是嬌氣和愛說閒話，這兩點她都不覺得是什麼大問題。一起工作幾個月了，多數時間王琳琳都滿好相處的，況且溫以凡現在確實急著搬家。

她笑了一下，溫和地說：「我先看看房子吧。」

◇

第二天下班後，溫以凡和王琳琳一起坐地鐵到尚都花城。

王琳琳現在住的房子有三個房間，但房東只出租其中兩個。有一個小房間被房東用來放雜物，長期是鎖著的。剩一個帶浴室的主臥和一個次臥，所以房租也相對低一點。但整體來說很不錯，廚房、餐廳、陽臺，外加所有必備設施都俱全。

主臥一直是王琳琳在住。

溫以凡看了眼次臥，房間收拾得乾乾淨淨，桌上一點灰塵都沒有。

王琳琳在旁邊說：「因為我住的是主臥，所以我交的房租會比妳多一點。妳一個月付八千，然後水電費什麼的我們平分，妳覺得這樣可以嗎？」

這個價格比她之前的房子稍貴一點，但還在她能接受的範圍內，而且各方面的條件都好了不少，溫以凡覺得頗合適，但也沒立刻決定下來。

「妳再想想吧。」畢竟搬家不是小事，王琳琳沒催她現在就給答覆，看了一眼時間，「都這個時間了，我們先去吃個晚飯吧，我好餓啊。」

溫以凡沒有吃晚飯的習慣，本想拒絕，但又想到她們之後就要合租了，本著打好關係的念頭，她還是同意了。

兩人剛走出社區，王琳琳的手機響起，她接起電話，聲音立刻變嗲：「喂，親愛的，怎麼啦？」

溫以凡安靜地走在她旁邊。

「我現在跟我同事在外面呢，正打算去吃個飯。」王琳琳開始撒嬌，「可以啊，你在哪裡啊？我現在剛走出社區門口……你快到了嗎？那好喔，我不打擾你開車啦。我乖乖在門口等你，你要快點來接我喔。」

等她掛了電話，溫以凡識相道：「那我就先回去了，今晚……」

「怎麼突然就要回去了，我們不是說好一起吃飯嗎？」王琳琳皺眉，又突然反應過來，「喔，妳不用不自在啦，妳不是電燈泡。我男朋友那邊也會帶朋友來，就當作是去參加個聚會。」

溫以凡來不及再拒絕，一輛黑色的車已經停在兩人面前。副駕駛座的窗戶降下來，駕駛座上的男人側頭看過來，笑道：「親愛的，快上車。」下一刻，他瞥見站在王琳琳旁邊的溫以凡，愣住：「咦，溫以凡？」

溫以凡順著望去，也愣住。

她倒是沒想過，王琳琳這個富二代男朋友會是蘇浩安。

「哇，都多少年沒見了……」沒等他說完，後頭就響起警笛聲，「快快快，妳們先上車，這裡不能停車。」

溫以凡：「不……」

蘇浩安著急道：「快！」

她只能硬著頭皮上了後座。

坐上去之後，溫以凡才發現後座有其他人。她定眼望去，車內光線比外頭要暗一些，男人沒發出任何聲音，呼吸聲很淺，存在感卻極強。此時，他像沒骨頭似的癱在座位上，眼睛閉著，模樣慵懶又困倦，彷彿對周圍發生的事情毫無察覺。

車子發動。

蘇浩安順著車內後視鏡往後看，邊開車邊看熱鬧似的說：「喂！桑延，趕緊醒醒！快起來見你的白月光了！」

溫以凡：「……」

第八章　度日如年

像是被吵醒，桑延稍稍側頭，懶散地睜開眼，與她的視線對上。

空氣中彷彿有尷尬在交會。

桑延沒吭聲，安安靜靜地看著她，眼神清明，沒半點剛醒來的失焦感。他的眉眼生得極為好看。淺淺的內雙，眼尾弧度上揚，再加上他總是一副對任何事情都不屑一顧的模樣，看起來總帶著鋒芒。

這一瞬間，溫以凡有種他下一秒就要對「白月光」這三字瘋狂嘲諷的感覺。

王琳琳主動出聲：「你們認識啊？」

蘇浩安：「嗯，高中同學。」

溫以凡收回視線，正想順勢說句話，徹底帶走話題時，王琳琳又極其白目地來了句：「白月光是什麼意思啊？就是你朋友以前追過小凡但沒追到嗎？」

蘇浩安還毫無神經似的哈哈笑起來：「對對對。」

怪不得這兩人會湊成一對。

這種狀況，溫以凡再怎麼想裝傻、糊弄過去也無法了。

她清晰地意識到，之前彼此心照不宣戴在臉上的面具，就在這一刻，被前面兩個人撕掉了大半，只剩下殘餘的遮擋。

她也不指望桑延能說出什麼拉回場面的話。知道他向來面子大過天，溫以凡平靜地說：「是嗎？我這當事人怎麼不知道這回事？蘇浩安，你是不是記錯了？」

「怎麼可能記錯？你們……」說到這裡，蘇浩安才後知後覺般地察覺到不對勁，「噯，你們這是尷尬還是怎樣？不是吧，都幾年了，還記著啊？我只是當個趣事隨便提提而已。」

王琳琳：「你們多久沒見了啊？」

「這我一時半刻也算不出來，溫以凡，妳只在我們學校待了一年吧？」蘇浩安說，「我記得妳好像高一還是高二就轉學了。」

溫以凡認真道：「高二下學期轉走的。」

「這麼算來，那有七八年了吧。」注意到一直沉默的桑延，蘇浩安又道，「桑延，你怎麼一聲不吭呢？都七八年了！你不會還因為這件事情耿耿於懷吧？」

桑延又垂下眼，沒搭理他。

「神經。」蘇浩安服了，劈哩啪啦地吐槽，「溫以凡，妳不用理他。妳也知道他這個人是什麼樣子，眼睛長在頭頂，大概是覺得妳當初眼睛瞎了才看不上他，但他不知道他這個樣子多惹人厭。」

王琳琳打斷他的話：「哎呀，你好好開車吧，不要這樣說你朋友。」

蘇浩安把剩下的話憋回去，皺起眉頭，抽空看了王琳琳一眼。

「開車得專心啊，不然多不安全。」察覺到他的情緒，王琳琳又立刻道，「你不要不開心嘛，我就是提醒你一下，你想說的話就繼續說。」

蘇浩安這才笑了一下：「沒生氣，謝謝親愛的提醒。」

不知不覺就到了吃飯的地方。

都到這裡了，溫以凡也不好再說自己要走。畢竟桑延什麼話都沒說，反倒顯得她十分在意從前的事情，連同桌吃一頓飯都做不到。

吃頓飯也只要一個小時的時間，熬一下就過去了，但讓溫以凡想不到的是，王琳琳先前說的那句「我男朋友那邊也會帶朋友來」的這個「朋友」，並不單指桑延一個人，而是一群人。

他們預訂了一個包廂，現在裡頭已經坐滿了人。

按道理，溫以凡算是被王琳琳帶來的，應該要跟她坐在一起才對。但剩餘的四個位子兩兩連著，她便果斷拋下溫以凡，跟蘇浩安坐在一起。

溫以凡就這麼被迫跟桑延安排在一起，這樣看起來，溫以凡就像是被桑延帶來的一樣。

有個男人起鬨道：「桑延你不厚道啊，怎麼突然脫單了？」

蘇浩安嘖了聲：「不要胡說，桑延這傻小子配得上嗎？這我們老同學，我們高中那時大名鼎鼎的校花！錢飛你記得吧？你高中不也是南蕪一中的嗎？」

「記得記得，溫以凡嘛。而且我之前跟妳朋友同班，就是鐘思喬。」坐在桑延隔壁，一個胖胖的男人看向溫以凡，笑得有點不好意思，「看過她在朋友圈發跟妳的合照。」

溫以凡彎起唇，點點頭。

下一刻，又一個男人說：「胖子，你怎麼臉紅了啊？不怕你女朋友殺了你啊！」

桑延壓根不參與他們的話題，就算這期間有多少人提到他名字，他也像完全聽不見似的。聽到這句話，他才稍稍有了一點動靜，抬眸往錢飛的方向看。

蘇浩安：「他不是一直都這樣嗎？看到長得漂亮的就不會說話了似的。」

可能是覺得受到忽視，王琳琳不開心了，開始插進他們的話題：「什麼啊，你怎麼在我面前說別人長得漂亮？」

沉默幾秒，蘇浩安哄道：「寶貝，妳怎麼會這樣想啊？不要亂吃醋了。」

這家店菜上得很慢，一群人你一句我一句地聊著，半天了還一道菜都沒上。但話題漸漸扯開，因她這個陌生人的到來而引發的一些關注也逐漸散去。

溫以凡精神放鬆了點，不經意地看了一眼桑延。

桑延沒參與聊天，此時正低頭玩手機，什麼都不關心的樣子，別人叫他也愛理不理的。

溫以凡低頭喝水，覺得自己跟這裡格格不入。

過了一會兒。

王琳琳忽地親了親蘇浩安的臉，起身往溫以凡的位子走來。她拉住溫以凡的手腕，笑咪咪地道：「小凡，走啊，陪我去廁所。」

溫以凡站起來，瞥見她放在椅子上的包包，默默拿了起來。

順著指示牌，兩人走進廁所。

王琳琳拿出口紅補妝，閒聊般地說：「妳以前拒絕過那個桑延啊？」

溫以凡沒回答。

王琳琳當她默認了，十分詫異地說：「妳知道我們公司附近那個『加班』酒吧嗎？那是他跟我男朋友，還有另一個男的合資開的。」

「……」

「他條件很好啊，長得又高又帥的，還有錢，這樣妳也能拒絕啊？」王琳琳搖搖頭，無法理解，「妳要求也太高了吧？不過都這麼多年了，我看他剛剛那個樣子，應該對妳也沒什麼意思了。」

「都過去了。」溫以凡笑得溫和，然後拿出手機看了一眼，「對了，琳姊。真不好意思啊，我得回去了，錢老師要我今晚交個稿子給他，就麻煩妳幫我跟妳朋友說一聲了。」

王琳琳啊了聲，有點不高興：「就一頓飯，也耽誤不了什麼時間。」

「老師趕著要。」溫以凡說，「我也不敢拖，我還在試用期啊。」

「喔，那好吧。」王琳琳癟癟嘴，「那妳自己路上小心一點，我先回去了。」

「好，謝謝琳姊，明天見。」

等王琳琳走後，溫以凡打開水龍頭，洗了個手。她不知道自己這樣算不算是惹王琳琳不開心了，但她實在不想繼續待在那個沒有任何熟人的聚會裡。

溫以凡鬆了口氣，抽了張紙巾把手擦乾。

剛走出去，溫以凡就撞上同時從對面男廁走出來的桑延。這回他不像溫以凡所想的那般，直接把她當成空氣略過。

桑延停下腳步，神色很淡，站在原地居高臨下地看她。

溫以凡莫名覺得這個場景有些熟悉，讓她想起第一次去加班酒吧時，跟他在走廊上的那次重逢。

但這次的狀況和那時候完全不一樣，像是重來一次，回歸正常的發展方式。

從他今晚一直沉默的態度來看，溫以凡覺得自己完全沒必要提起先前見的那幾次面。她朝他點了一下頭，像多年後第一次見面那樣，禮貌性地打了聲招呼。

「好久不見。」

但出乎意料的，桑延似乎不打算跟她維持表面上的和平。他依然是那審視般的姿態，閒閒地重複：「好久不見？」

他的語調，讓溫以凡一時沒分清楚是疑問句還是陳述句。

隨後，桑延又道：「跨年到現在才過了幾天，見不到我——」他頓了一下，慢條斯理地把剩下的面具徹底撕破。

「也不至於這麼度日如年吧？」

第九章　溫農夫與桑蛇

靜默片刻。

這句話落下的同時，溫以凡的腦海裡浮現起跨年夜發生的事情——她被路人撞到，不小心撞進他懷裡，然後跟他道歉，他點頭表示「沒關係」。

整個過程就跟陌生人之間的交流沒任何區別，就算溫以凡猜到他大概是認出來了，想必彼此也都心知肚明，但她沒想過他會這麼直白地攤開來說。

畢竟從一開始，溫以凡所有的回應方式，都是在配合他做出的各種行為。所以現在是，當她還覺得這場戲可以繼續演下去的時候，他那邊覺得撐不住了，就搶先表現出一副「裝不認識有意思嗎」的模樣。顯得他這個人待人處事都非常真誠，從不做拐彎抹角的虛偽事情。

總結起來，就是「溫農夫」與「桑蛇」的故事。

溫以凡沉默兩秒，也不想給他留面子了：「也不是，我還以為你沒認出我來。」

桑延扯了一下唇角。

「畢竟我當時戴著口罩，臉都遮住了。」她坦然地對上他的目光，慢吞吞地說，「沒想到你眼睛這麼好。」

桑延挑眉：「眼睛好？」很快，他又痞痞地說：「啊，抱歉，讓妳誤會了。」
溫以凡：「？」
「我沒認出妳，是我妹認出妳。」桑延模樣氣定神閒，絲毫不心虛，「跟我說妳一直盯著我看呢。」
溫以凡臉色未改，接下話來：「確實是這樣。」
桑延看她。
「因為，我看到你當時，」溫以凡決定以其人之道還治其人之身，也開始胡扯，「你褲子拉鍊沒有拉。」
怕這句話又會造成他的誤解，溫以凡又補了一句：「我周圍還滿多人在討論的。」
桑延：「……」
「你也不用太在意這件事，都過去好幾天了。」溫以凡笑了笑，假意安慰，「先不聊了，我工作上還有點事情，先回去了。」
她腳步還未動，桑延突然說：「喂。」
溫以凡：「？」
桑延：「記得剛剛蘇浩安把車停在哪裡嗎？」
她下意識點頭。
「好。」桑延抬抬下巴，「帶路。」

溫以凡很茫然。

本以為自己帶著他找到車子，再怎麼樣他也會禮尚往來地問一句「要不要送妳一程？」結果找到車之後，除了「再見」，桑延一個字都沒跟她說。沒半點要跟她同行的意思。

溫以凡原本覺得這也不是什麼大不了的事情，但她剛觀察了一下，才發現這個餐廳開在一條很偏僻的街道上。她用手機查距離最近的車站，在好幾公里之外。

周遭也沒見到幾輛來往的車，往外看都是烏漆抹黑的一片。

溫以凡猶豫了一下，盯著桑延一直沒發動的車子，只能硬著頭皮敲敲副駕駛座的窗。

幾秒後，桑延把窗戶降下來，冷淡地瞥她。

溫以凡輕聲說：「你可不可以送我一程？這裡有點偏僻。」

桑延淡淡地問：「妳住哪裡？」

溫以凡：「城市嘉苑。」

「噢。」桑延收回視線，「不順路。」

溫以凡這輩子就沒見過這麼小心眼的人。她露出個抱歉的笑容，又提道：「我不是要你送我回家，把我送到附近的地鐵站就可以了，真是麻煩你了。」

桑延直盯著她看，過了幾秒才勉強地說了句：「上來吧。」

溫以凡暗暗鬆了口氣，上了副駕駛座，垂頭繫安全帶。

桑延發動車子。

車內安靜得過分，空間密閉又狹小。桑延沒開音樂，也沒有要跟她交談的意思。

覺得自己這樣不說話搭車，有點像是把桑延當成司機，溫以凡主動扯了個話題：「你怎麼突然要走了？不是朋友聚會嗎？」

桑延敷衍地回：「吵。」

溫以凡也不知道他這是在說聚會吵，還是在說她吵。她嘴唇動了動，也沒再說話。

溫以凡側頭看向窗外，看著外頭飛快地往後跑的景色，路燈被拉出一條條光亮的線，刺眼又讓人恍神，她漸漸發起了呆。

想到過來時，在車上跟蘇浩安的對話。

溫以凡和蘇浩安確實是七八年沒見了，但跟桑延並不是。

溫以凡沒有跟任何人說過這件事。從蘇浩安的反應來看，桑延似乎也跟她一樣沒告訴其他人，好像是只有他們兩個人知道的事情。

高二下學期，溫以凡因為大伯的工作變動，跟著他們一家搬到北榆市。之後，除了鐘思喬和向朗，她沒有跟原本學校的任何一個人再聯繫。

除了桑延。

本來溫以凡也覺得他們會就此斷了聯繫，但忘了從哪一天開始，溫以凡隔一段時間就會收到桑延傳來的訊息。他不跟她閒聊任何事情，也不會主動問她什麼，只把自己每次小考、大考的成績和排名都傳給她。

就這麼一直維持到高二結束。高二期末考成績出來後，溫以凡恰好收到桑延的訊息。她當時糾結了好久，最後還是就著成績單，緩緩地把自己這次的成績輸入進去，然後按下傳送鍵。

那邊大概是沒想過她會回覆，過了好一會兒才回了句：我們成績好像沒差多少，要不然考同一間大學吧。

過了一會兒，他又傳來兩個字：好嗎？

溫以凡低不可聞地嘆了口氣。

注意到外頭已經開過了幾個地鐵站，她愣了一下，提醒道：「好像開過頭了，我記得再往前開一段還有一個地鐵站，你在前面放我下來吧？」

桑延涼涼道：「我是司機嗎？」

這不是一開始就說好的嗎？

似是因為這句話感到不爽，桑延沒有停車，繼續往前開。

溫以凡忍不住問：「你這是要開到哪裡？」

「妳家。」桑延的語氣總帶了幾絲嘲諷，「不然還能去哪裡？」

溫以凡覺得他們之間完全不能好好說句話。他說話時總有不太明顯的刺存在，似有若無的，顯得對話不太對勁。

溫以凡想跟他好好談談，但又覺得好像也沒有談的必要。

不知不覺間便到了城市嘉苑。

這個社區建了十幾年，建築和社區設施都很老舊，空間也不大。沒有電梯，管委會基本上不做事，現在門口也沒有警衛，連攔車桿都沒降下。

桑延沒把車開進去，直接停在社區門口。

溫以凡解開安全帶，客套地說：「今天真的謝謝你了，等你有空了請你吃飯。」

「嗯？」桑延靠在駕駛座上，側頭，神色輕佻，「這麼快就想著下一次見面了？」

溫以凡還滿好奇這幾年他當上所謂的「墮落街紅牌」，到底是有多吃香，能讓他隨便聽一句話都覺得別人別有用心。

還是說，是因為她先前在酒吧的話，讓他對自己產生了誤會。

溫以凡決定解釋一下：「之前在酒吧的時候，我是不小心口誤了……」

沒等她說完，桑延便打斷她的話：「哪句？」桑延：「『那還真是遺憾』這句？」

「……」溫以凡放棄了，直接略過這個話題，伸手打開車門，「你回去開車小心。」

◇

溫以凡走進社區。

她住在最靠近社區門口的那棟大樓，進了社區，往右走幾步便到了。

掏出鑰匙，溫以凡打開樓下的門，慢慢爬了上去。這棟樓一層六戶，爬到自己所住的三樓，再走到走廊的最裡面，就是她家。

溫以凡正想走過去，突然注意到她家門口站了三個男人，帶了濃郁難聞的酒氣。此時他們正站在那裡抽菸，嘻嘻哈哈地說著各種黃色笑話和髒話。也不知是剛回來，亦或是在那裡等了一段時間。

走廊上燈壞了，光線很暗，看不清他們的模樣。但透過外頭的光，溫以凡大概能從其中一個人的身型認出是住在她對面的男人。

溫以凡這才想起，從她報警的那天算起，已經過了五天。

她本來是打算今天到鐘思喬家住一晚，晚上跟王琳琳確定好之後，明天再找個男同事陪自己回家搬行李；但因為今晚的飯局，遇到桑延以及各種亂七八糟的事情，讓她一時間忘了。

溫以凡的動作停住，手中的鑰匙發出了輕微的聲響。

男人們瞬間看了過來。

虎紋身男笑起來：「美女姊姊，妳回來啦？」

不知道他們為什麼站在這裡，溫以凡覺得不安。

「兄弟們，就是這個美女，說我騷擾她。」虎紋身男嘆了口氣，聲音渾濁嘶啞，「我真的很無辜，我只是敲個門也算騷擾啊？」

「美女，妳是不是沒見過啊？」另一個男人笑道，「妳想不想知道怎樣才算真的騷擾？」

溫以凡一聲不吭，轉頭下樓。

「她怎麼跑了？」

「我怎麼知道她跑什麼啊？美女！我們沒要幹嘛！聊聊天啊！」

「我不怪妳啊美女姊姊！我只是想打好關係，鄰居嘛，不要弄得這麼僵。」

說這些話的同時，他們也跟著溫以凡往樓下跑。

男人們腳步長，嘴裡還帶著興奮的笑，像是在玩鬧，在這暗處又顯得陰森。

溫以凡連從口袋裡拿手機報警的時間都沒有，跑到一樓，打開樓下大門便往社區門外跑。她想跟警衛求助，卻突然想起回來時就沒看見人。

這社區的地段不算偏，出去之後走一段路就是一條美食街，溫以凡想著跑到人多的地方就好了。

身後的腳步聲似乎越來越近。

在這個時候，溫以凡看到社區門外，桑延的車還停在原來的地方。他斜倚著副駕駛座的車門，站姿散漫，看起來像是在跟人講電話。

注意到動靜，桑延抬起眼與她對視。

溫以凡稍微慢了半拍，腦子裡一瞬間閃過想找他幫忙的念頭，但在心裡權衡了一番，還是選擇往美食街的方向跑。

溫以凡正想從他身邊穿過，桑延已經掛斷電話，出聲叫她：「溫以凡。」

她抬眼，再度與他的視線交會。

瞥見她此時的神情，以及她身後跟著的三個看起來絕非善類的男人，桑延神色寡淡，平靜得過分。

「過來。」

第十章　我覺得你打不過

從再會到現在，這似乎是桑延第一次叫她名字。

溫以凡此時的精神緊繃到了極致，倉皇間，還有種自己幻聽了的感覺。她沒有停下腳步確認的時間，不自覺又往前跑了幾步。

下一刻，溫以凡的手腕被桑延抓住。

桑延把她往自己的方向扯，力道不算輕。溫以凡仰頭，視野被他生硬的側臉占據。他的唇線抿直，單手打開車門，看上去有些火大。

「愣著幹什麼？」

因為無法控制的恐懼和一路的奔跑，溫以凡的呼吸急促。她抬眸看向他，沒出聲，順著他的舉動和話坐進車裡。

門被桑延關上。透過車窗，溫以凡看到他隨意地按了一下鎖門鍵。

那三個男人已經追了過來。

見到這個場景，虎紋身男往車內看了一眼，確認沒其他人之後才油膩膩地說：「帥哥，這是你女朋友啊？長得還滿漂亮的呢。」

桑延抬眼，一字一字道：「關你屁事。」

因為他的態度，虎紋身男瞬間不爽，上前推了一下他的肩膀：「你這什麼態度？我說關我什麼事了？說好話還不愛聽是吧？」

桑延迅速抓住他的手臂，力道收緊，很快便像是碰到了什麼髒東西般地甩開。

他的眼裡沒什麼溫度，語氣無甚波瀾：「走不走？」

「好啊，我也不是什麼不講理的人。」虎紋身男當他這是退讓，往溫以凡指了指，「讓你車上那個騷貨下來和我道個歉，一副引誘人的樣——」

像是戳中了桑延的什麼神經，他突然毫無預兆地往虎紋身男的腹部踹了一腳。

這一下使足了勁，沒半點克制，溫以凡在車裡都能聽到碰撞的巨響。

虎紋身男的話立刻中斷，往後退了幾步，腰腹向下彎，艱難地冒出一句髒話：「我操你媽的……」

跟在他後面的另外兩人愣住，聽到虎紋身男的話才反應過來，過來幫忙。

溫以凡垂下眼，顫抖地掏出手機報警。

桑延這個人向來懶懶散散，什麼事情都不愛搭理的樣子。看人時總似有若無地帶著點嘲諷的笑意，現在像是真的動了氣，臉上沒半點表情。

他的眸色黑得純粹，帶著戾氣，看著面前的人就像是在看一團爛肉。

兩個人同時上去抓他，想把他控制住。

桑延眼疾手快地抓住其中一個人的頭髮，用力向上一扯，往旁邊的路燈上撞，另一人趁這個時候發狠地往他臉上揍了一拳。

他閃躲不及，頭向另一側偏。定格須臾，桑延彷彿沒了理智和痛感，負了傷還反倒笑出來。

知道自己出去之後幫不上什麼忙，反倒會扯桑延的後腿，溫以凡沒有貿然跑出去。她擔心他們會不會有人帶了武器，緊張地盯著其他人的舉動。

除非另外兩人自己糾纏上來，否則桑延的所有動作都是有針對性的，力氣全數打在虎紋身男身上。某個瞬間，溫以凡看到他嘴唇一張一合，短短地說了一句話。

可隔了一段距離，溫以凡完全聽不見他說了什麼。

所幸附近的巡警來得快，上前吼：「喂！你們在幹什麼！」

見狀，溫以凡立刻下車往桑延的方向走。怕員警會覺得他是鬧事的一員，她把桑延攔到身後，強裝鎮定道：「警察先生，剛剛是我報的警，這是我朋友……」

桑延臉上明顯負了傷，唇角帶著血絲，好幾塊破了皮，臉側還有些青紫。他眼裡情緒散去了些，低下眼，盯著溫以凡白皙的後頸，沒有說話。

幾個人被帶到派出所做筆錄。

按兩方的傷勢看來，這也不算是正當防衛，更偏向雙方鬥毆。不過虎紋身男有前科在，加之今天剛被釋放就去找先前的受害人麻煩，情節更為嚴重。

除了虎紋身男，其他人被口頭教訓了一頓，罰了點錢便離開了。

走出派出所，溫以凡偷偷往桑延的臉上看，抿抿唇：「你要不要去趟醫院？」

桑延心情不好，沒搭理她。

「你身上還有別的地方受傷嗎？」因為自己的事把他拖下水，溫以凡覺得愧疚又不放心，「我們去一趟醫院吧，應該也花不了多少時……」

桑延打斷她的話：「溫以凡。」

溫以凡抬眼：「怎麼了？」

桑延看著她，莫名冒出一句：「我站在那裡妳看不見？」

溫以凡沒聽懂：「什麼？」

「妳不叫我幫忙妳跑什麼？」

「……」

「我叫妳過來也沒聽見？」桑延的語氣毫不客氣，嘲諷的意味十足，「又瞎又聾又啞，只剩雙腿會跑了是吧？」

溫以凡沒計較他的惡劣。他救了自己，還受傷，現下不管怎樣她在他面前都覺得理虧：「我是想找你幫忙的，但是我不知道他們會不會動手，不想拖你下水。」

桑延目光幽深，聽著她的解釋。

「而且，」溫以凡老實道，「主要是他們有三個人，我覺得你打不過。」

「……」桑延被她這句話氣得無言。

恰好路過一家藥局，溫以凡停下腳步，視線又在他臉上瞥了眼，「你在這裡等一下。」

說完，也不等桑延回答，溫以凡進藥局買了點跌打損傷的藥。出來之後，她往四周掃了一圈，在附近偏僻處找到一個長椅，兩人走了過去。

「擦點藥吧，」溫以凡把袋子遞給他，誠懇地說，「你這樣出去也無法見人。」

桑延的氣息似是有些不順。他看了她一會兒，不發一語地扯開裝著藥的袋子。

溫以凡也沒說話，在旁邊看著他捲起袖子，往手臂上的青紫處噴藥。越看，本來就極為強烈的罪惡感又在加劇。

桑延上藥的方式很粗暴，只講求迅速，溫以凡感覺他抹了跟沒抹沒多大的區別。

之後是膝蓋，最後才到臉。

過程從這裡開始變得艱難。

因為臉是視野盲區，再加上手邊沒鏡子，桑延只能盲目地擦。他的力道沒節制，再加上總擦錯地方，眉頭不知不覺皺了起來。

溫以凡看不下去了：「我幫你吧。」

桑延看她一眼，停了幾秒，才把手上的東西給她。

溫以凡正想湊過去，便聽到他來了一句。

「不要趁機占我便宜。」

溫以凡頓了一下，忍氣吞聲地說：「好的，我會注意的。」

她拿起碘酒棉花棒，盯著他臉上的傷口，小心翼翼地往上面抹。剛觸碰到他的傷口，桑延就像是她用針刺了一下似的嘖了一聲。

溫以凡立刻僵住。

像是沒事找事一樣，桑延不悅地說：「妳能注意一下力道嗎？」

她甚至覺得自己還沒碰到他。

溫以凡好脾氣地道：「好，我再輕一點。」

兩人的距離漸漸拉近。

溫以凡專注地盯著他的傷口，力道極其謹慎，唯恐又讓他不滿。漸漸往下，塗到唇角的位置，她拿了個新的碘酒棉花棒，折斷後輕輕往上面點。

徹底處理好後，溫以凡的視線向上一抬，撞上他的眼。

空氣凝住一瞬。

「就擦個藥，」桑延眼神很暗，聲音啞了點，「妳有必要湊這麼近？」

溫以凡坐直起來，「抱歉。這裡光線不好，我看不太清楚。」

說完，她又補充了句：「擦好了。」

之後也沒別的事。桑延靠在椅背上，隨口問道：「妳這是什麼情況？」

溫以凡低眼收拾長椅上的東西，邊緩緩地解釋：「算是有過節吧。剛剛那個最壯的住我隔壁，經常敲我的門，我之前報警讓他被關了五天，可能讓他記恨了吧。」

聞言，桑延表情不太好看：「妳今晚還住那裡？」

溫以凡：「我已經找到新的住處了，還來不及搬。我今晚先去我朋友家住吧。」

桑延沒再接話，過了半晌才嗯了聲。

注意到時間，溫以凡先站了起來：「我們走吧。很晚了，你早點回去休息。蘇浩安的車子還停在我社區那裡，你還得再跑一趟。」

桑延只點了一下頭，不置一詞。

兩人攔了輛車回到城市嘉苑。

下了車，沒等溫以凡跟他道別，桑延抬腳便往社區裡頭走。不知道他要做什麼，她連忙跟了上去：「你還有什麼事情嗎？」

桑延偏頭：「上去收拾東西。」

溫以凡一愣：「嗯？」

他話裡處處是對這社區的嫌棄：「這鬼地方妳還打算回來？」

這意思好像是要陪她一起上去收拾。

溫以凡本還在憂愁這件事，畢竟短時間內她是不敢自己一個人上樓了，加上這一時半刻，她也找不到人陪她一起上去，也不好意思找桑延幫忙。

但他既然都這麼提了，她也鬆了口氣。

溫以凡道了聲謝：「謝謝你。」

桑延懶得搭理她。

這個社區管理真的做得很差。

溫以凡住的那棟樓有幾層樓的燈壞了，黑得讓人看不清路，一直也沒人來換。走廊的轉角處還有不少垃圾沒扔，味道潮濕又難聞。

之前溫以凡還不覺得有什麼，但有這位大少爺在，她莫名覺得自己的狀況有些窘迫。但這回桑延倒是什麼都沒說。

走到自己家門前，溫以凡拿出鑰匙開門。

桑延沒唐突地進去女孩子的家裡，雙手插在口袋裡站在外頭：「我在這裡等妳。」

溫以凡點頭。

溫以凡走了進去，從床下拉出行李箱。

她來南蕪還不到三個月，來之前把自己的很多行李都賣掉或者丟了，再加上她一直也沒時間買新東西，現在收拾起來也跟來南蕪時沒多大的區別，一個行李箱加一個行李袋就裝完了。

確認沒有忘了什麼東西之後，溫以凡便拉開門走了出去。

桑延瞥了一眼她的行李：「就這樣？」

溫以凡：「嗯。」

他沒再多說，直接幫她把兩個行李提下樓。走出社區後，桑延把行李放到後車廂，然後上了駕駛座：「妳朋友家在哪裡？」

溫以凡思考著是要去鐘思喬家住一晚，還是跟王琳琳商量商量，讓她今天就住過去。

桑延沒耐心了：「聽見沒有？」

溫以凡只好道：「尚都花城。」

桑延皺眉看她一眼，發動車子。

從這裡開到尚都花城很近，五分鐘都不到。

快到目的地時，桑延隨口問了句：「妳朋友住哪棟？」

溫以凡記得位置，但沒特意觀察過是哪棟，誠實道，「我不記得了。」

桑延也不急：「妳問問。」

溫以凡已經在微信上跟王琳琳說了，但她可能是沒看手機，一直也沒回覆。她不想麻煩桑延太久，又道：「她還沒回我。沒關係，你在門口放我下來就行。」

沉默。

桑延的聲音聽不出情緒：「妳真的有朋友住這裡？」

溫以凡不懂他的意思，「什麼？」

桑延沒再說話。

到了尚都花城門口，桑延下車幫她把行李拿下來。

溫以凡又客氣地道了聲謝：「今天真的麻煩你了，你看你什麼時候有空，我請你吃頓飯。」

「吃飯就免了。」桑延語氣冷淡，說話俐落而乾脆，「今天就算是個不認識的人，我也會做同樣的事情。」

溫以凡盯著他臉上的青紫，忍不住說：「那你這麼見義勇為，這張臉一整年下來有能看的時候嗎？」

第十一章　你就是痣子

話音剛落。

注意到桑延不善的面色，溫以凡瞬間察覺，她這句話的意思似乎是在說「你的臉實在是太過不堪入目」。

而且，這種話她今晚說了好像還不止一次，就像是個過河拆橋、沒良心的傢伙。

溫以凡決定挽救一下局面：「不過就算毀容——」說到這裡，她又覺得不對勁，硬著頭皮改口：「就算短時間的破相，也絲毫不影響你的帥氣。」

桑延面無表情地看著她。

在這個時候，王琳琳恰好回她訊息。

溫以凡低頭看了眼，是個「ＯＫ」的表情。她神色放鬆，主動說：「我朋友回覆我了，那我先進去了。」

桑延沒回話，只扯了一下唇角。

「對了，」臨走前，想到今晚的事情，溫以凡鄭重道，「不管怎樣，就算你覺得是舉手之勞，我都欠你一個人情。以後你有什麼需要幫忙的，可以找我。」

桑延漫不經心地嗯了聲，隨意地擺擺手，回到車上。

他瞥了一眼放在副駕駛座上的藥袋，又順著窗戶看向外頭。

看著溫以凡把行李袋放在行李箱上，抓著拉杆緩慢地往社區大門的方向走。可能是因為行李有些重，她走的速度很慢。

但自始至終都沒有回過頭。

直到她的背影在視野裡徹底消失，桑延收回視線。正想發動車子，但回想到她剛剛的境遇，以及半天說不出朋友社區和樓號的反應，他的動作又停了下來。

桑延把窗戶降下來，手肘搭在窗戶上，沒立刻走。

想起了高中時的溫以凡。

因為長相漂亮得極其張揚豔麗，加之她個性文靜不愛說話，在其他人眼裡就是個傲氣難以相處的人，所以她在班裡的人緣不算好，儘管，她的脾氣實際上好得像是沒有脾氣。

時間長了，大家互相熟悉了，同學間漸漸明白了她是怎樣的人，就變得肆無忌憚起來，私底下幫她取了個「花瓶」的稱號。

因為她什麼都做不好，像沒有任何生活常識，除了漂亮和會跳舞，其他一無是處。

桑延也不知道，如果是那時候的溫以凡遇到現在這種事情會不會哭。

但他能肯定，她絕不會像現在這樣，能如常跟他說話，正常得像沒發生任何事情一樣。在這期間，他也沒見到她找任何人安慰。

只一味地向幫助了她的人表示感謝，像是沒有任何的情緒。

桑延低下眼，想抽根菸，動作卻被一通電話打斷。他接起電話。

那端響起蘇浩安的聲音：『你今晚還來不來「加班」？來的話就順帶把我的車開過來。你開走我的車，那我開什麼！沒車還怎麼把妹！』

桑延：「好啊，等一下就還你。」

蘇浩安：『不過你怎麼突然走了？』

「你不知道？」桑延冷笑，「還要我跟你提？」

蘇浩安沉默三秒，主動承認錯誤，『好好好，我下回不帶了行吧？他們已經輪番碎念了我一頓。』

桑延懶得理他。

蘇浩安又開始為自己抱不平：『我就是喜歡講話嗲的女生有錯嗎！我就對這種類型感興趣！』

「說完了？」

『當然沒有，』蘇浩安繼續吐槽，『你可不可以對我有點耐心，你就當我是你未來的女朋友一樣哄哄好嗎？我現在心情很複雜。』

「掛了。」

桑延掛斷了電話，從口袋裡翻出包菸，抽了一根咬在嘴裡。

正想找打火機時，蘇浩安又打了回來。他隨手接起，打開車內照明燈，順帶在前面的儲物箱翻找著。

『你也太無情了，我現在可是因為我女朋友去廁所了，才有時間喘口氣跟你說話。』蘇浩安譴責他，『你怎麼能說掛就掛！』

桑延「噢」了聲：「我還可以掛第二次。」

蘇浩安開始嘆氣，『唉，哄女人真的太累了。我本來還覺得這個琳琳滿可愛的，怎麼今天一看又這麼煩？』

「那你就不要談。」

『那可不行，談戀愛太爽了。』

桑延嗤了聲，「你活該。」

說話的同時，在燈光的照耀下，桑延注意到副駕駛座下有個亮晶晶的東西。他視線一停，瞇了瞇眼，湊過去彎腰撿起。

桑延直起身，若有所思地看著手裡的東西。

是一串鑰匙。

◇

溫以凡在王琳琳家門口等了大約兩個小時。

直到十二點，王琳琳才姍姍來遲。看到溫以凡的模樣時，她有些詫異：「小凡，妳怎麼回事？怎麼搞得這麼狼狽？」

溫以凡解釋：「之前住的房子出了點事情，突然過來還打斷妳約會，讓妳提前回來了。真不好意思啊，琳姊。」

「沒關係。」王琳琳打開門，嘆了口氣，「本來我可以更早回來的，但我男朋友實在太纏人了，讓妳在這裡等半天，我才不好意思。」

兩人一起走了進去。

王琳琳：「時間也不早了，妳先收拾收拾吧。我好睏，洗個澡就睡了。有什麼注意事項，我們明天再談。」

溫以凡連忙點頭。

王琳琳往主臥走了兩步，又回頭：「對了，妳今天怎麼回來的啊？我們吃飯的地方還滿偏僻的，妳走的時候我都忘了提醒妳。」

溫以凡：「桑延剛好也要走，我就拜託他載我一程。」

「妳拜託他的？」像是聽到一個天大的笑話，王琳琳猛地笑了起來，「他怎麼不主動載妳啊？」

溫以凡不知道這件事情的笑點在哪裡，有點傻：「他沒必要載我啊。」

王琳琳搖搖頭，有些同情：「妳以後不要這樣了，他現在私底下不知道有多開心呢，大概在跟他那些朋友嘲笑妳。」

溫以凡：「嗯？」

「畢竟他之前追不到妳，現在妳要是反過來倒貼他，他肯定會陪妳玩一陣子，玩膩了就會甩了妳，妳自己可要注意點。」王琳琳走回來拍拍她的肩膀，「相信我的話，我太有經驗了，這群公子哥都那副德行。」

溫以凡想說自己沒打算倒貼，也覺得桑延不是這種人，畢竟他現在連理都不想理她。但溫以凡向來懶得跟人爭，只當對方是善意的提醒。

「我明白了。」

◇

跟王琳琳的合租生活比溫以凡想像得還要和平，因為兩人在家裡基本上不會碰面。

王琳琳的作息很養生，對美容覺極為執著，每天睡足八個小時，除非逼不得已，否則十一點前一定要入睡。醒來後她也不吵不鬧，化個妝、收拾一下就出門了。

溫以凡因為要跑新聞，忙得連在家的時間都沒有，作息顛三倒四的。住處對她來說，基本上只是一個睡覺的地方。

這裡治安好，離公司近，有室友跟沒室友沒有什麼差別。對溫以凡來說，已經是她想像中最完美的合租生活了。

知道溫以凡跟王琳琳真的住在一起後，蘇恬跟她問起這件事情好幾次，見她確實覺得滿意才徹底放心下來。

隔週週三下午。

溫以凡剛跟一個專家講完電話，蘇恬恰好從茶水間回來。她湊到溫以凡旁邊，壓低聲音跟她聊起八卦：「我剛聽說王琳琳要辭職了。」

溫以凡被吸引了注意力，詫異道：「真的嗎？」

「應該是真的，妳跟她住在一起，她沒跟妳提過嗎？」蘇恬說，「好像已經遞了辭呈，她最近的狀態一看就是不想幹了。」

「妳怎麼看出來的？」

「天天遲到早退，主任這段時間對她很不滿呢，自己不辭職，也遲早會被炒。我今天就見她裝模作樣地查了一會兒資料，啥事都沒做就走了。」

由於經常無償加班，記者這行業的工作時間相對自由。忙起來可能通宵二十四小時工作，做完了也可以晚來早退，侷限性不大。

雖然是在同個辦公室裡，但有些同事一週下來也見不到幾面。

溫以凡沒太關注這些事情，也沒覺得不妥：「她是不是不想跑新聞，所以跳槽了？畢竟光拿那點底薪也不夠生活。」

「她不是搭上了富二代嗎？」說到這裡，蘇恬忍不住提，「那個富二代好像是真的有錢，我前幾天看到王琳琳上的車又變成一輛法拉利了。她現在除了跟我炫耀，說不出別的話。」

溫以凡笑：「聽聽就好了。」

蘇恬小聲嘀咕：「我怎麼就這麼看不慣她那得意的樣子？」

沒等溫以凡回話，付壯的腦袋突然擠到她們中間，笑咪咪地道：「看不慣誰的得意樣？」

也不知是何時回來的。

蘇恬嚇了一跳，沒好氣地把他推開：「還能是誰！你啊！」

付壯：「？」

蘇恬：「幹嘛偷聽，小屁孩滾遠一點。」

「什麼小屁孩！」付壯瞬間不滿，把手裡的飲料瓶當麥克風，「我們不是『凡付蘇子』組合嗎？你們有什麼職場八卦也要跟我分享，不能孤立我！」

蘇恬笑了：「這什麼破團名，經過我同意了嗎？」

付壯：「不是滿好聽的嗎？」

溫以凡笑了笑，沒參與這個話題，繼續敲著鍵盤。

沉默下來。

見她們兩個都不搭理自己，付壯主動提出：「兩位姊姊，妳們今晚有約嗎？要不要跟大壯一起過個節？為了慶祝大壯剪的片子第一次上片，我們開個趴吧！」

蘇恬拍拍他的頭：「自己回家喝奶吧，姊姊有約。」

付壯看向溫以凡：「那以凡姊……」

聽到自己的名字，溫以凡抬起眼，看上去完全沒在聽他們的對話。瞥見他手裡的飲料，她想了幾秒，然後裝模作樣地敷衍了一句：「謝謝，我不喝。」

話畢，溫以凡繼續思考著新聞稿的思路。直到初稿完成，她靠著椅背休息了一會兒，順帶打開手機看了一眼。

前房東在兩個小時前傳了封訊息給她。

房東：小溫，房子的鑰匙妳是不是忘記留下啦？

溫以凡愣了一下，一時沒反應過來。

她搬走的當天晚上，就在微信上跟房東說了一聲。沒幾天，房東就把剩餘的租金和押金退還給她，之後再也沒聯繫過。

因為用不到這串鑰匙，她也完全沒想起這件事。

溫以凡回了句：對的，抱歉。您看您什麼時候有空，我拿去給您。

雖是這麼說，但是溫以凡也想不到自己把鑰匙扔去哪裡了。

該不會掉了吧？

不知為何，溫以凡莫名想到鐘思喬把手鍊掉在桑延酒吧裡的事情。想著自己應該不至於這麼倒楣時，又有人傳來兩封訊息。

看到名字時，溫以凡有了不好的預感。

她下意識點開。

第一封是一張照片，是房東剛才跟她要的鑰匙。

緊接而來的第二封。

桑延：同樣的方式建議不要用第二次。

第十二章　你家炸了

再這麼下去，溫以凡感覺自己都要被桑延洗腦了。

——她久聞這鎮店桑紅牌之絕色，千里趕來一睹其風華絕貌，發現這紅牌是自己曾經的追求者，仍然因此心動，之後千方百計地在他面前刷存在感。

在他面前的所有行為都帶了目的性。

溫以凡忍著吐槽的衝動，平靜地回覆：原來掉在你那裡。

溫以凡：抱歉，又給你添麻煩了。要不然你看看你什麼時候方便，我過去找你拿。

想了想，她又覺得他倆完全可以杜絕見面的機會：或者你把鑰匙放在你的酒吧，我去吧檯拿。你看可以嗎？

他沒立刻回覆。

溫以凡也不著急，沒特地花時間等他。她繼續忙於工作，認真把初稿修改完，傳給編輯。

聽到手機響了，她才隨手拿起來瞥了一眼。

桑延：這幾天都沒空。

溫以凡耐著性子回：那你大概什麼時候有空？

下一刻。

桑延傳了語音訊息過來，語氣懶懶地：『週六晚上吧。』

週六晚上……溫以凡思考了一下。她周日輪休，週六晚上跟他拿了鑰匙，周日拿去還給前房東，這麼算起來好像剛剛好。就是得跟房東說要晚幾天，但應該也沒什麼問題。

溫以凡：好的。

溫以凡：那要不然就定在加班酒吧或者你家附近？

溫以凡：我也不想麻煩你跑太遠。

過了半分鐘左右，桑延又傳來兩封語音訊息。

溫以凡點開。

桑延意味不明地笑了一聲，慢悠悠地吐了兩個字：『我家？』

溫以凡的眼皮一跳。

這條播放結束，自動跳到下一條。

溫以凡能聽出桑延的話裡行間都在透露著「妳的意圖不要太過明顯」的訊息，只是沒有明確說出來：『嗯？不要吧。』

桑延：『妳直接來「加班」門口吧。』

本以為既然雙方的面具都撕下來了，相處方式大概也會正常些，但桑延可能是這幾年受到太多的追捧，優越感太過強烈。

導致不管發生的事情再平常，他都覺得別人對他有所企圖。

在這瞬間，溫以凡清晰地意識到，自己在桑延面前說話必須時時刻刻打起十萬分精神，稍微說點跟他自身有關的話都不行。

溫以凡吐了口氣，回了個：好的。

之後溫以凡便把手機放到一旁。

編輯恰好寄來修改意見，溫以凡打開來看，順帶注意到電腦右下方的時間。

思緒有頃刻的飄忽。

突然想起她上次跟桑延見面，似乎是元旦過後兩天的事情，鑰匙想必是在那個時候掉的，那距離現在也過了差不多一週的時間了，怎麼現在才來告訴她鑰匙的事？

不想聯繫她，所以等著她主動聯繫嗎？好像是有這種可能性。

溫以凡也沒太在意這件事。

◇

加班結束後，溫以凡回到家。

一進門就看到王琳琳躺在客廳的沙發上，此時正邊看電視邊敷面膜，旁邊放了一碗水果沙拉。她的心情似乎不錯，還哼著歌。

溫以凡主動叫她：「琳姊。」

王琳琳含糊不清地說：「回來啦？今天好像很早。」

「嗯，今天事情不多。」

「這工作很累人吧。」王琳琳碎碎念，「我在《傳達》待這幾年，走多少人了。只加班不加價，誰受得了。妳看我們組裡有多少人熬出病來，薪水都用來看醫生了。」

溫以凡只是笑：「還好。」

「對了小凡，」說著，王琳琳坐了起來，提起一件事，「妳昨晚半夜是不是有起來？」

溫以凡愣了：「沒有啊。」

王琳琳似乎也只是隨口一提：「那應該是我作夢吧，我感覺半睡半醒間客廳有動靜。我當時看了一下時間，都淩晨三點多了。」

聽到這句話，溫以凡忽地想起自己以前的一個毛病，但已經很久沒犯了，而且王琳琳也不太肯定，她考慮了一下還是沒提。

「嗯。」溫以凡看了眼時間，主動道，「琳姊，我先去洗個澡。」

「等一下，我有件事要跟妳說。」王琳琳叫住她，拍拍自己旁邊的位子，「小凡，妳坐下，我們聊聊天。」

溫以凡順從地走了過去：「什麼事？」

「妳得先答應我，」王琳琳把面膜摘下來扔到垃圾桶裡，表情帶了點討好，「妳聽我說完絕對不會生氣。」

溫以凡點頭：「好。」

「我剛剛也跟妳說了，這工作真的太累人了，一個月薪水還買不起我男朋友買給我的一個包包，我能做這麼久真的是我的極限了。」王琳琳說，「我前幾天跟主任遞了辭呈，不打算做了。我表哥幫我介紹了一份工作，在皋子口那邊……」

說到這裡，她停頓，聲音小了些：「離這裡還滿遠的。」

溫以凡瞬間明白她的意思：「妳是不打算住這裡了嗎？」

王琳琳解釋：「妳可千萬不要生氣啊，我事先也不知道新工作離這裡這麼遠，本來是覺得還可以跟妳一起合租的。」

大概是確實覺得理虧，王琳琳的態度比平時好了不少：「我應該要過幾天才搬。搬之前，我一定會幫妳找個新的合租室友，妳看這樣可以嗎？」

對這件事情，溫以凡其實沒什麼感覺。

今天聽到蘇恬說王琳琳辭職了的時候，她就有想過這個可能性，所以現在也沒多驚訝，更說不上會生氣。

溫以凡神色溫和：「沒關係，我可以理解。妳能找到適合的工作，我也替妳高興。新室友這個妳也不用太操心，我自己再想辦法就好了。」

「唉，小凡妳人真好！」王琳琳鬆了口氣，抱著她的手臂撒嬌，「我很擔心妳會罵我呢。我一開始找的合租室友，就是因為這個原因跟我大吵一架。」

事情解決了，王琳琳開始抱怨：「我是真的很無言，我反正不覺得我哪裡做錯了，我搬個家還不行啊？那我找她一起合租的時候哪想過我會這麼快搬啊……」

溫以凡彎著唇角，沒說話。

「不過小凡妳還是很講道理的，」王琳琳笑得甜甜的，「我一定會幫妳找一個很好的室友。」

「不用，沒關係的。」

「哎呀沒事，妳不要擔心。」王琳琳說，「我找之前一定會問妳意見的，妳不喜歡的話我也不強求妳跟我介紹的室友一起住。」

聽到這句話，溫以凡才應了下來。

「那麻煩妳了。」

◇

王琳琳的意思是等工作上的事情交接完，她正式辭職之後，就差不多要搬了。因為她已經在皋子口找好了房子，最晚在下週末之前就會搬走。

不過溫以凡也不太著急。畢竟王琳琳這邊已經付了一個月的房租，她還有一段時間可以找新的室友。

溫以凡在南蕪市認識的人並不多，當初同班的同學已經不聯繫了。雖然她微信通訊錄中有不少當時南蕪的高中同學，但基本上沒聯繫過，所以都不熟悉，跟陌生人其實也沒什麼區別。

溫以凡還是打算找鐘思喬幫忙，畢竟鐘思喬從小在這裡長大，就連大學都是在南蕪念的，認識的人一定比她多。而且鐘思喬介紹的人，她也覺得放心。

不知不覺就到了週六晚上，知道桑延不可能主動找她，臨近下班時，溫以凡先傳了封訊息給他。

接近八點，桑延才回覆：過來吧。

溫以凡的提綱還沒寫完，但她也無法讓桑延等她。她收拾了一下東西，打算回家之後再繼續寫，跟其餘同事說了一聲便離開公司。

快到墮落街時，溫以凡掏出手機，又傳封訊息給桑延：我差不多到了。

又往前走了一段路，溫以凡走到進入墮落街必穿過的那個拱門。沒等她往裡面走，她就注意到桑延此刻正站在拱門外面。

他靠在黑色的路燈旁，膚色被燈光照得冷白，臉上還是照例地沒帶任何表情。依然穿著深色系的衣服，氣息冷然又拒人於千里之外。

溫以凡倒是沒想過桑延會親自拿過來給她。本以為他會放在吧檯，亦或者是找個服務生轉交給她。

她不想浪費他太多時間，加快腳步，正想叫他時，桑延就已經發現她了。他的下巴稍揚，姿態懶散，一聲不吭地把鑰匙往她懷裡扔。

溫以凡下意識地伸手接住：「謝謝。」

桑延輕點了一下頭。

溫以凡把鑰匙收回包包裡，還提著回家寫提綱。她從不指望桑延能說場面話，只能自己來：「那我不打擾你了，就先回去了？」

他沒回答。

「這段時間麻煩你太多次了，」反正對方也不會答應，溫以凡又開始做表面上的禮數，「你看你什麼時候方便，我請你吃頓飯。我隨時都有空。」

桑延笑：「妳這句話還要說幾次？」沒等她接話，桑延直勾勾地看著她，像是看清了她此刻的想法。他的唇角彎起一個淺淺的弧度，「得不到我同意，妳便不罷休？」

「……」

「好。」桑延像是被纏得有些不耐煩，勉強道，「那就今天吧。」

沒想過會得到這樣的答覆，溫以凡的表情有點僵。

注意到她的反應，桑延歪頭，話裡帶了幾分玩味：「怎麼？」

溫以凡無奈：「沒什麼，你想吃什麼？」

桑延抬腳往前走：「隨便。」

溫以凡連忙跟上：「你有什麼忌口的嗎？」

「很多。」

溫以凡提：「那要不然去吃火鍋？」

桑延：「不。」

溫以凡：「烤肉呢？」

桑延：「有味道。」

溫以凡：「川菜？」

桑延：「太辣。」

溫以凡：「那砂鍋粥呢？」

桑延：「不吃。」

溫以凡就沒見過比他更龜毛更難伺候的人。她向來是叫外送或者自己煮，很少出去外面吃，現在實在是想不到別的了。

溫以凡嘆了口氣，好脾氣地說：「那你選一個你想吃的吧。我都可以，我不忌口。」

桑延正想說話，他的手機突然響了。

他接了起來。

兩人離得很近，加上那邊的聲音實在太大，所以溫以凡能清晰聽到電話裡的聲音：『桑延！你家炸了！』

桑延皺眉，「說人話。」

『啊，不對！是你家樓下炸了！』電話裡的人語氣越發激動，甚至開始咆哮，『要燒到你家去了！快燒光了！你趕快回來！』

四周在一瞬間都變得安靜。

溫以凡立刻抬頭，看向他的手機。

似乎是嫌吵，桑延把手機拿遠了點，等那頭吼完才重新貼回耳邊。他的表情沒有任何變化，平靜地說：「喔，那你幫我打個一一九。」

說完便掛了電話。

他看向溫以凡，像什麼事情都沒發生一樣：「走吧。」

溫以凡：「你家著火了，你不回家嗎？」

桑延反問：「我是消防員？」

過了幾秒，溫以凡突然問：「我能冒昧問一下，你家在哪裡嗎？」

桑延瞥她：「幹什麼？」

溫以凡從口袋裡翻出手機，誠實地說：「我想趕過去做個報導。」

第十三章　我剛搬來這裡

桑延像是覺得荒唐：「什麼？」

在通訊裡找到錢衛華，溫以凡打了過去。在等待對方接聽的時間裡，她又問一次：「社區名字和具體地址，可以說一下嗎？」

桑延：「？」

沒等溫以凡等到答案，那頭已經接起電話。

溫以凡還沒開口，錢衛華語速飛快地說了一串：『正好，我剛好想打給妳。妳剛離開公司吧？我剛接到電話，附近的中南世紀城發生火災，妳現在跟我跑一趟現場。』

溫以凡連忙答應，跟他說了自己的具體位置便掛斷。

她對上桑延的視線，總覺得這氛圍有點安靜。

溫以凡主動說：「你住的是中南世紀城嗎？」

桑延：「……」

「我臨時要加個班，這頓飯下次再請你吧？」說到這裡，溫以凡停了幾秒，遲疑地問，「我老師現在要開車過來，要不要順便載你？」

三分鐘後，錢衛華的車到了。付壯也跟來了，正坐在後座。

桑延的車停在拱門旁的停車場裡，他懶得回去開，溫以凡便讓他也坐到後座，自己坐上副駕駛座。

付壯立刻問：「以凡姊，這位是？」

溫以凡扣上安全帶，隨口說：「我高中同學，住中南世紀城，應該是發生火災的那棟房子的屋主，他得回去看看情況。」

錢衛華發動車子，詫異道：「這麼巧啊？年頭才弄好的社區，怎麼就碰到這種事情？」

付壯脫口而出：「這會不會是什麼不祥的徵兆啊？」

溫以凡說，「大壯，不要胡說。」

「不過哥，你發生這種事情一定是祥瑞之兆，」付壯反應快，看向桑延，很及時地改口，「火燒財門開！哥你今年一定能暴富！」

桑延用眼尾掃他，懶得搭理。

「噯，哥。」付壯湊過去，總覺得桑延有點熟悉，「我怎麼覺得你這麼眼熟，我們是不是在哪裡見過啊？」

溫以凡坐在前頭，低頭檢查設備。聽到這句話時，下意識覺得桑延會回一句「你這搭訕的手法也太過於低級」，但等了一會兒，他卻一句話都沒說。

她沒太在意，想說可能是因為他此時實在沒什麼心情。

中南世紀城離這裡很近，開車只需要幾分鐘。

一行人到現場時，消防車和救護車都已經到了。底下疏散了不少住戶，明顯是倉皇跑出來的，好多人身上只穿著睡衣，連件外套都沒有。

可能是沒經歷過這種事情，現在都聚在一起嘰嘰喳喳地說著話。

此時臨近晚上九點。不知從何時開始下起了雨，綿綿密密地，冷到像是夾雜著冰渣。

發生火災的是六號大樓八樓B戶，火舌將玻璃窗燒炸開來，如惡魔般瘋狂竄出，蔓延到樓上。細點似的雨沒半點作用，一落下便蒸發。

桑延住的房子就在這戶的正上方。

他順著往上看，舌尖抵了一下唇角，眉心略微一皺。

溫以凡大概能猜到他當時為何是那個反應。想來打電話給他的人本身就不怎麼可靠，加上這件事情來得突然，他當時根本就不怎麼在意。

片刻後，桑延走到一旁去接電話。

錢衛華扛著攝影機，把周圍的狀況拍下來。

車輛閃著紅藍光，消防人員來來往往，救火、救人並控制現場秩序，沒有空閒的時間。

雨勢漸大，淺色的水泥地被染深。黑夜和雨水加劇了寒冷。周遭吵而淩亂，各種聲響混雜，像電影裡的災難片。

溫以凡靠近人群，去採訪逃出的住戶：「阿姨，抱歉打擾您了。我是南蕪電視台都市頻道《傳達》的記者，請問您是六棟的住戶嗎？」

被她採訪的阿姨抱著個小孩，說話的口音很重：「對啊。」

「您住在幾樓？是怎麼發現火災的？」

「就五樓啊，突然聽到爆炸聲，把我嚇了一跳！我還以為哪裡在放煙火！」看到攝影機，阿姨格外熱情，「外面聲音也很大，我就跑出來看了。」

旁邊的大叔插話：「對啊！好幾次呢！現在的情況已經是被控制住……」

「砰！」

話沒說完，還在燒的八樓傳來一聲巨響。橙紅色的火焰用力向外伸手，伴隨著濃煙滾滾，像是要將黑夜照亮，又像是要將之吞噬。

一片譁然和抽氣聲。

錢衛華迅速將鏡頭抬起，對準畫面。

溫以凡順著望去，目光停在九樓。接著她下意識看向桑延。他站在原地，沉靜地看著燃燒的大火，把電話從耳邊放下。

她收回眼，同情心後知後覺地冒上心頭。

所幸，這場爆炸造成的損傷不算太大，只有一名消防員受了輕傷。大樓裡所有住戶全都已經疏散，還剩一個不滿十歲的小孩被困在電梯裡，已經被消防員救出。花了接近一個小時，火勢才被徹底控制住。

消防部門還在清理現場。

起火原因不明，屋內物品幾乎毫無倖免，全數燒燬。同層以及上下層的房子也都有輕微損害，臨近其上的九樓B戶影響最嚴重，廚房和客廳被燒得面目全非。

對這件事故的相關人士一一做了採訪，然後在業主的同意以及消防員的帶領下，溫以凡和付壯跟著錢衛華到現場。

錢衛華將屋內狀況拍下，聽消防員簡單說明了情況，時不時拋出幾個問題。

到九樓B戶時，溫以凡還跟桑延碰了面。他們找他做了個簡單的採訪，這回是付壯提的問題。因為是認識的人，他問得很隨意：「哥，你現在心情如何？」

桑延顯然覺得他問的這個問題極其白目，話裡帶了嘲諷：「我很快樂。」

「……」

「希望你也能像我這麼快樂。」

「……」

錢衛華主動問：「這場火災對你損失嚴重嗎？」

桑延平淡答：「還好。」

錢衛華：「我們剛剛看了房子的情況，幾乎沒有一個地方是完好的。」

桑延：「那又如何。」

「……」

可能是意識到自己的猖狂，桑延接下來的話明顯配合了些：「我沒在這裡放什麼貴重的東西，除了房子和傢俱就燒掉一支手機，不過也早就不能用了。」

溫以凡在旁邊記錄，動作莫名一頓，但跟他也沒有多餘的交談。

之後，一行人回台裡寫稿剪片子。

付壯忍不住說：

「以凡姊，妳這個同學真是又慘又厲害，房子都燒成這樣了，他還能這麼淡定。」

錢衛華：「妳也安慰安慰他，叫他跟社區和保險公司談談賠償。這段時間找個新地方住就行了，不用因為這件事太傷心。」

溫以凡隨口嗯了聲，儘管她並不覺得桑延需要她的安慰。

付壯又開始碎念：「不過姊妳也很慘，明天休息今天還得回台裡加班。我本來都跟老師說了，帶我一個人去就行了……」說到這裡，他壓低聲音，用只有他們能聽見的音量抱怨，「但他說我太廢物了。」

聞言，溫以凡點點頭：「確實。」

這晚雖然過得有些兵荒馬亂，但這段小插曲在溫以凡這裡，就算是結束了。

火災只是意外的突發事件，恰好桑延是其中的受害者。她回台裡寫稿子，將新聞成片上交，審核通過了這個事情就告一段落，之後受害者所須處理的後續都與她無關。

溫以凡拿回鑰匙，把鑰匙還給前房東，跟前一個房子徹底道別。跟桑延碰不到面，她也完全沒必要再主動跟他提起請吃飯的事情。

近期內，她剩下的唯一一個需要解決的問題，就是找到一個可靠的、合適的新室友。

王琳琳把工作交接完畢，在新的一週到來前，徹底搬了出去。

像是為了讓自己好室友的形象從頭貫徹到尾，臨走前王琳琳又強調一次，一定會幫她找新室友，叫她千萬不要擔心。

畢竟合租是長期的，溫以凡沒想過要跟王琳琳介紹的人一起住。

因為王琳琳介紹的人，有很大機率會是她不認識的人。到時候如果因為這方面的事情鬧翻了，又得找個新住處，反倒更加麻煩，但她這麼熱情，溫以凡只能客氣地應下來。

溫以凡已經拜託了鐘思喬，這段時間一直在等她的消息。想著如果她也找不到的話，就只能上網找了。

◇

隔週週五。

蘇浩安正打算出門，就接到桑延的電話。

他的話裡帶了幾分不耐煩，一接通就直接說：『幫我租個房子。』

蘇浩安：「？」

『離「加班」近一點，我就住幾個月，房子裝修好我就搬走。』

「你有毛病吧，我是房仲嗎？你直接回你家住不就得了。」

『好，我直接去你那裡住。』桑延說，『掛了。』

「……等等。」沒想過他能厚顏無恥到這種地步，蘇浩安咬牙切齒地道，「你挑個社區，我晚點幫你問問我朋友。」

沉默。

過了幾秒，那頭回：『尚都花城吧。』

電話掛斷，蘇浩安莫名想起王琳琳這幾天跟他說的話。語氣似抱怨又似撒嬌，要他幫忙幫她室友找個新室友，說自己實在是找不到。

蘇浩安想罵髒話，他這高富帥是長得有多像房屋仲介？

蘇浩安正思考著要找誰幫忙，電光火石間想起王琳琳原本住的地方好像就是尚都花城。如果蘇浩安沒記錯的話，她室友……好像還是溫以凡？

蘇浩安打電話的動作一頓，挑了一下眉。

◇

年前的這段時間，各種事件發生的頻率都多了起來。

溫以凡過得比平時還忙，有時連家都沒時間回，直接把電視台當成另一個家。她疲憊到了極致，累到覺得自己站著都能睡著。

沒日沒夜的加班讓她無心去想別的事情，之前頻繁遇見的桑延，也因為沒再碰過面，又變回原本那個很久沒見且毫無聯繫的老同學。

閒暇時想起這個人，溫以凡唯一的想法就是，他們應該不會再見面了。

週日晚上。溫以凡終於忙完，總算找到空隙回家喘口氣、休息。她用鑰匙打開門，一走進玄關，便看到一個男人的背影。

男人高而瘦，似乎也是剛進來，鞋子還沒脫。旁邊放著個行李箱。

溫以凡的腦海頓時一片空白，連呼吸都停住。

聯想起前兩天她跟的那個入室搶劫案，女事主因為反抗被歹徒捅了兩刀，現在還躺在醫院裡昏迷不醒……

聽到聲響，男人回過頭。

兩人四目對視。

看到他的臉時，溫以凡腦補的畫面立刻消散。她鬆了口氣，感覺自己腳還有些發軟，一瞬間升起的所有驚恐漸漸被莫名其妙取代：「你怎麼在這裡？」

桑延皺眉：「我還想問妳怎麼在這。」

「我住在這裡。」溫以凡腦子有點亂，只想知道，「你怎麼進來的？」

話脫口的同時，溫以凡注意到他手裡的鑰匙——是王琳琳那把。

過了半晌，溫以凡的那個不可置信的想法，隨著他的話應聲而落。

「我剛搬來這裡。」

第十四章　他一定是Gay

這件事對溫以凡來說，跟禍從天降沒有任何區別，而且還是毫無徵兆的。

不要說問她意見了，溫以凡壓根沒聽王琳琳提過已經找到室友的事情，她這個當事人，在此刻反倒變成局外人。並且，事情在她還一無所知的時候就已經成了定局。

溫以凡覺得荒謬。饒是她再心如止水，反應過來後也有點火大。

但從桑延剛剛的反應來看，也能看出他毫不知情。

溫以凡平復了一下心情，低頭把鞋子脫掉。然後她指指沙發，像招待客人一樣：「你先坐一會兒吧。我不太清楚這件事情，先打個電話問問。」

桑延站在原地沒動。也沒等他回應，溫以凡抬腳走進房間裡。

此時時間已經逼近十一點了。

溫以凡本來是打算回來之後迅速洗個澡就睡覺，沒想到還得處理這些煩心事。她也沒考慮王琳琳會不會已經睡著了，直接撥了過去。

響了十來聲，那頭才接了起來。

王琳琳果然如平常那般開始了她的美容覺。因為被人吵醒，現在語氣帶了不耐：『誰啊！

有病啊？我已經在睡覺了！』

溫以凡：「琳姊，我是溫以凡。」

王琳琳：『有事明天說，我睏死了。』

「我也不想打擾妳，但我想問妳一件事。」溫以凡的語氣很平，聽起來沒什麼起伏，「妳是不是把鑰匙給別人了？房子裡現在有其他人在。」

『啊？』聽到這句話，王琳琳的聲音清醒了點，『是誰去了？不會是我男朋友吧！妳可不要偷偷勾引我男朋友！』

「不是。」溫以凡說，「是桑延。」

『這樣啊。』王琳琳明顯鬆了口氣，跟她解釋，『噢，我想起來了。我不是一直沒找到人接替我嗎？就很煩惱，所以忍不住跟我男朋友提過幾次。』

溫以凡耐心地聽著。

『他可能是不想看到我這麼不開心，就私下幫我解決了這件事情吧。』王琳琳嗲聲嗲氣地開始炫耀，『我也不知道呢，他應該是想給我個驚喜。』

「……」溫以凡本以為她會覺得抱歉，哪怕只有一點，看來是她想太多了。

她是真的，極其，非常討厭去管這些事情。說好聽點是脾氣好、性格大氣，不會去跟人計較這些小事。但實際上，她自己清楚，她只是覺得別人做什麼事情都跟她沒有關係。其他人今天是好是壞，是死是活，都跟她毫不相干。她過好自己的生活就行了。

有人誤解她，對她態度不好，對她說話陰陽怪氣，只要對她沒造成任何實質性的傷害，又有什麼關係，這不會影響到她的情緒。

畢竟這世上的煩心事那麼多，如果事事都計較，是要怎麼活？

這些年，溫以凡對待任何人都是抱著這樣的想法。只要不做出對她生活有影響的事情，她不會跟人爭執，不會得罪人，不會選擇跟其他人站在對立面。

王琳琳還在那頭說：『那個桑延是現在住的房子著火了，所以得臨時找個地方住。哎呀，妳就跟他住吧，這也——』

溫以凡打斷她的話：「妳之前是怎麼跟我說的？」

可能是沒聽過溫以凡用這麼不客氣的語氣跟她說話，王琳琳愣了幾秒，才道：『妳這麼凶幹嘛啊？嚇我一跳。這又不是什麼猥瑣男，桑延長得又高又帥的，家裡還有錢。這麼一想，妳不是還賺到了嗎？』

溫以凡重複一次：「妳就告訴我，妳之前是怎麼跟我說的。」

『那我又不知道！妳怪我幹嘛啊！真是的！』王琳琳剛被吵醒，又被她這質問般的語氣氣到，態度也不好了，『噢，我知道了。妳倒也不用想那麼多，怕他還喜歡妳。我聽我男朋友說了，桑延大學四年都沒交過女朋友，也沒見過他跟哪個女生走得近，就天天跟他住同寢室的另一個校草混在一起，他們學校的人都默認他們是一對了。』

溫以凡氣極了，想聽聽她還能扯出什麼話來。

『他到現在都沒談戀愛！這問題肯定很大啊，可能是這幾年逐漸認清自己的性向了。』王琳琳說，『這麼一想，我男朋友還有點危險呢。』

溫以凡知道王琳琳這個人不太可靠，但也沒想過，她會這麼不可靠。

溫以凡閉閉眼，一句話都不想再跟她多說。

王琳琳也沒耐心跟她說了：『放心吧，他肯定是Gay。而且就算不提這個，跟異性合租也沒什麼啊，我之前有個對象就是合租時在一起的呢。』

這句話說完，溫以凡終於開口：「聽妳這麼說，妳跟蘇浩安感情這麼好，」她的語速緩慢，像在溫柔上裹著綿密的針：「那這段時間一直開法拉利來接妳的那位一定是他朋友了。」

王琳琳瞬間愣住：『妳什麼意思。』

「啊，對了，既然妳覺得跟桑延合租這麼好，那妳回來跟他住？」

『……』

「反正多一個也不嫌多，同時踩兩三條船，」溫以凡笑，「對妳來說也不是什麼難事吧。」

同一時間，客廳。

桑延打通蘇浩安的電話，按捺著火氣：「你腦子有病？」

蘇浩安那頭有些吵，聽起來是在酒吧裡，『大哥，冷靜點，你幹嘛啊，怎麼一開口就罵人？』

桑延冷笑：「不要跟我說你不知道這房子裡有別人在住。」

知道是這件事，蘇浩安瞬間輕鬆，理所應當地說：『那你一個人住那麼大的房子幹什麼？

找人合租還能省點房租，為你的房子裝修呢。』
桑延：「我會需要跟人合租？」
『你是不需要，但那個人不是我們溫女神嗎？』蘇浩安笑嘻嘻道，『好了好了，我明白的，你不用謝我，都多少年兄弟了。』
「懶得跟你說，」桑延跟他說不通，「我現在去你家。」
『滾，老子今晚有事，不要來煩我。』
「我一個大男人，」桑延說，「跟一個女人住一起，你覺得合適？」
『我靠，這種話你都說得出口？你跟我說「尚都花城」的時候，怎麼不想想你這些話呢？』蘇浩安說，『不要以為我不知道你那被打成狗的臉是怎麼回事。好了，不要在我面前裝了，這件事我們心知肚明就好……』
「……」
『而且我們溫女神長得多好看，這種事情你覺得不會發生第二次嗎？』蘇浩安說，『桑大哥，去當個貼身騎士，人家說不定哪天哪根筋不對就看上你了呢。』
那頭還沒說完，桑延聽到裡頭房間門打開的聲音。
他氣到胃痛，直接掛斷電話。
下一刻，溫以凡出現在他眼前。
她看向他，溫和又平靜地說：「我們談談？」

兩人坐在沙發的兩端，靜默無語。

溫以凡先開了口：「這件事情應該算是個烏龍。現在時間也很晚了，要不然這樣，我幫你在附近訂個飯店。」

桑延靠著椅背，懶洋洋地看著她。

溫以凡思考了一下，又道：「你之後再找合適的房子，你看這樣可以嗎？」

聽著她把自己接下來的事情安排得穩穩當當，桑延似笑非笑地道：「妳倒是安排得很好。」

「我們事先都不知情，現在既然清楚了狀況，也不用把這個錯誤擴大。」溫以凡解釋，「而且你應該也不習慣跟人一起合租。」

「錯誤」──桑延抓住其中的兩個字。

說這些話的同時，她的眉頭皺著，唇線也抿得很直。跟平時那個遇到什麼事情都毫無波動的模樣，簡直是天壤之別，彷彿遇到了讓她很苦惱並極為難以接受的事情，卻又不好意思直白說出來。

怕惹惱了他，又怕被他纏上，所以小心翼翼地說著讓他能接受的場面話。

桑延抬眼，意味不明地重複：「妳又知道我習不習慣？」

溫以凡耐著性子說：「合租需要時間磨合，而且一般是因為經濟問題才會選擇合租，你的條件並不需要委屈自己跟其他人合租。」

「我不是房子燒掉了嗎？」桑延說，「錢都花在裝修上了。」

溫以凡提醒：「你開了家酒吧。」

桑延語氣很欠揍：「不怎麼賺錢。」

溫以凡暗暗嘆了一口氣，委婉道，「記者不是什麼朝九晚五的工作。我的作息很不規律，會經常加班，也經常早出晚歸，很有可能會影響到你休息。」

「噢。」桑延存心找她麻煩，「那妳平常回來時動作小一點。」

怎麼說他都像是聽不懂，溫以凡乾脆直接點名：「我們是異性，會有很多不方便的地方。你也不想在家的時候做事情還要考慮再三吧。」

「我為什麼要考慮再三？」桑延直勾勾地看著她，忽地笑了，「溫以凡，妳這個態度還真有意思。」

溫以凡：「怎麼了？」

桑延的聲音沒什麼溫度，說話速度很慢：「妳是覺得我還對妳念念不忘，會像以前那樣再纏著妳？」

溫以凡差點嗆到，「我沒這個意思。」

「倒是沒想到，我在妳心裡是這麼專情的人。」

「我是在合理解釋我們現在的情況，你不用太曲解我說話的意思。」

「行李都搬上來了，我懶得再搬。我最多就住三個月，房子裝修完我就搬走。」桑延扯了一下唇角，「希望我住在這裡的時候，妳不要跟我套任何交情。」

溫以凡忍不住說：「你只有這一個行李箱。」

「我倒也想問問，妳這麼介意是什麼原因？」桑延的腦袋稍稍一偏，吊兒郎當地看向她，「怎麼，還是我說反了？」

「什麼？」

桑延上下掃視她，然後，雲淡風輕地冒出一句。

「忘不掉的人是妳？」

第十五章　但我對妳不太放心

看見他的神情，溫以凡才突然察覺到，局面似乎在不知不覺間帶了火藥味。

也不知道自己是哪句話惹他不痛快，但溫以凡沒有要跟他爭執的意思。她對桑延本身並沒有什麼情緒，火氣僅針對王琳琳一人。

「沒有，你不用擔心。」溫以凡頓了一下，平靜地說，「我哪敢打你的主意。」

「……」

「我也不是介意，就真的只是想跟你說明這個情況。」溫以凡說，「我不知道是說了哪句話惹你不開心了。但這件事情確實來得突然，我現在還有點反應不過來。而且我覺得我們兩個現在的情緒都不太好，加上時間也不早了。」溫以凡想了想，又道，「要不然這樣，你今晚先住下。我們都再考慮一下，明天等我下班之後再談。」

桑延依然看著她，沒吭聲。

溫以凡：「合租不是一件小事情，我們也不能立刻就決定下來。畢竟如果你今天覺得合適，明天又覺得接受不了要搬，對我來說也是一件滿麻煩的事。」

又是一陣沉默。

溫以凡是真的想去睡覺，現在什麼都不想管。覺得在這裡多坐一秒，都是在浪費自己睡覺的時間。她有點沒耐心了：「那不然你自己再考慮一會兒，我先去——」

「好。」桑延忽地出聲打斷她的話，聲音不帶情緒，「妳明天幾點下班？」

「不一定。」溫以凡估算了個時間，「我儘量八點前回來吧。」

桑延抬眼，輕輕嗯了聲。

話音一落，溫以凡頓時有種被赦免了的感覺。她站起身，往裡頭指了指：「那你今晚睡主臥吧。不過裡面什麼都沒有，你得自己鋪個床。」

說著，她看向桑延的行李箱：「你應該帶了床單被子那些吧？」

桑延沒答話。

溫以凡也沒再問：「那我洗漱一下去睡了，你也早點睡。」

隨後，溫以凡回房間拿上換洗衣物進了浴室。她睏得眼睛開始發痛，這感覺蔓延到腦袋，都快炸開了，但她洗澡的速度還是快不起來。

等溫以凡出來時，客廳已經不見桑延的人影。他的行李箱還擺放在原來的位置。

主臥的門照常關著，聽不到任何動靜，也不知道他是不是進去了。

溫以凡猶豫了一下，沒有叫他。

臨睡前，溫以凡看了一眼手機。

王琳琳在不久前傳了幾封訊息過來。

王琳琳：小凡，對不起嘛。我剛剛在睡覺，被吵醒了所以語氣可能不太好。我知道這件事情是我沒處理好，我已經問了我男朋友那邊。他跟我說沒想太多，但我們知道直接給鑰匙是不太妥當，嚇到妳了是真的很不好意思。

王琳琳：他說會跟桑延說清楚的，讓我也替他跟妳道個歉。

王琳琳：妳不要生氣了……還有，那個法拉利是我表哥的車啦，妳不要誤會。（親親）這件事情妳要幫我保密喔，不要告訴我男朋友，他不太喜歡我跟我表哥來往。

溫以凡沒有回覆，又回想了一下今天發生的事情。

她不知道自己當時跟王琳琳發的火算不算太過，但她當下實在是克制不住自己的情緒。

如果今天來的人不是桑延，如果王琳琳把鑰匙給了另一個男人，一個像她之前的鄰居那樣的人，她現在還能這麼安然無恙地躺在這張床上睡覺嗎？

溫以凡嘆了口氣。不管怎樣，她都不再想跟王琳琳有交集。溫以凡不再想這一號人物，開始思考跟桑延合租的事情。

冷靜下來之後，再回過頭來考慮這件事情。她突然覺得好像也不是很難以接受。她對室友的要求並不高，合得來的同性當然是最佳選擇，但人品沒問題的異性也沒什麼關係。

桑延這個人雖然嘴賤欠揍了點，但溫以凡還是非常相信他的為人。

加上他也不是要長住，只是住三個月，也算是給了她一個緩衝期，能去找一個合適並能跟她長期合租的新室友。

不過溫以凡覺得，經過一夜的沉澱，按照先前桑延對她的態度來看，他應該不會願意跟她朝夕相對。

◇

翌日清晨，溫以凡被一通電話吵醒。

她沒看來電顯示，迷迷糊糊地接了起來。意外聽到那頭傳來母親趙媛冬帶笑的聲音：『阿降。』

溫以凡眼皮動了動，嗯了聲。

趙媛冬叫的是她的小名。

溫以凡出生那天恰好是霜降，當時她的名字還沒取好，父親就臨時先叫她「小霜降」。後來取了名字但也叫習慣了，乾脆把這當做小名。

等她年紀稍大一些，這個小名漸漸就演變成「阿降」兩字。但這個小名除了家裡的幾個人，現在也沒其他人會這麼叫她。

趙媛冬：『妳在睡覺嗎？媽媽要不要晚點再打過來？』

溫以凡：「沒事，我醒了。」

『宜荷那邊冷不冷？妳記得好好吃飯，多穿點衣服。我看天氣預報，那邊零下十幾二十度的，看著很嚇人。』趙媛冬關切道，『不要感冒了。』

「好。」

趙媛冬嘆氣：『妳都好久沒打電話給媽媽了。』

「啊。」溫以凡脫口而出，「最近太忙了。」

『知道妳忙，我也不敢打電話打擾妳，不過也快過年了，』趙媛冬說，『我就來問問妳，今年回不回來？』

溫以凡沒反應過來似的問，「回哪裡？」

那頭頓時沉默，隔了幾秒，聲音也變得不自然起來：『什麼回哪裡啊，回媽媽這裡啊。媽都好幾年沒見到妳了，妳鄭叔叔也想見見妳。』

溫以凡睜眼，溫順道：「我還以為妳叫我去大伯那裡。」

聽到她這句話，趙媛冬笑了笑：『我也不是一定要妳來我這裡，妳想去妳大伯那裡也可以。』

「我比較想去妳那裡，」溫以凡睜眼，語氣溫和，不帶任何攻擊性，「不過妳跟鄭可佳提過嗎？她願意讓我春節的時候去住你們那裡？」

再次沉默。

就像是這突如其來的問話，也只不過是隨口的客套，並沒有想過她會同意。

溫以凡唇角彎起，很快便道：「我跟妳開玩笑的，我哪裡都不去。」

沒等趙媛冬再出聲，兩人間的對話就被一陣清脆活潑的女生打斷：『媽媽，妳快過來！這橘子怎麼挑啊！』

像是將尷尬打破，又像是將之加劇。

光聽語氣，溫以凡也能猜出那是鄭可佳：『嗳！妳怎麼在講電話？妳這樣我以後都不陪妳出來買東西了！』

『好好好！馬上來！』趙媛冬應著，低聲說，『阿降，媽等一下再打給妳。』

沒等她再吭聲，趙媛冬就已經掛斷電話。急匆匆的，似是生怕惹惱了那個小公主。

溫以凡把手機扔到一旁，翻了個身，掙扎地想睡個回籠覺。

她沒被這通電話影響情緒，但也睡不太著了。

溫以凡是典型的被人吵醒之後就很難再睡著的人，儘管她現在依然睏得不行。她又拿起手機看了一眼時間，乾脆爬了起來。

正想進洗手間裡洗漱時，忽地看見客廳的行李箱，一整個晚上都沒挪過位置。

見狀，溫以凡才想起昨晚的事情，有些納悶。桑延不用拿衣服洗澡嗎？

溫以凡沒太在意，飛快洗漱完，回房間換了身衣服。走到玄關處穿鞋時，她眼睛一掃，突然發現桑延的鞋子不見了。

如果不是因為桑延的行李箱還在，溫以凡都要默認他是不打算合租，所以直接走人了。

遲疑了幾秒，溫以凡才下定決心去敲主臥的門。等了一會兒，裡頭沒任何反應。她又敲了三下，然後道：「我進去了？」

又等了一會兒。

溫以凡轉動門把，小心翼翼地往裡面推。

裡頭空蕩蕩的，床上只有床墊，沒有人在上面睡過的痕跡，跟王琳琳離開的那天一樣。只是因為無人居住，桌上有點灰塵。

在去公司的地鐵上。

◇

雖然溫以凡覺得自己這件事的做法沒有什麼問題，但桑延昨晚沒選擇住下，還是給了她一種自己非常不近人情的感覺。

就如同她提出讓他住下的話只是個幻覺，亦或者是提的態度實在過於惡劣，讓對方的自尊心根本無法接受。

她像是變成了一個壞人。

思來想去，溫以凡還是傳了封訊息給他。

『你昨晚睡哪裡？』

傳完後，直到溫以凡到了公司，桑延都沒回覆。

之後溫以凡沒時間去考慮這件事情，也無暇分出多餘的精力考慮桑延現在的狀況。一直忙到下午兩點，吃午飯時她才有時間喘口氣。

等溫以凡再看手機時，桑延依然沒有回覆半個字。

他這個態度，溫以凡也不知道今晚的談話還能不能進行。

溫以凡只能又傳一句：我們今天在哪裡談？

溫以凡：是在租屋處，還是約個地方？

這回桑延回覆得快了點。

在溫以凡午飯吃完之前，他回了句：晚上八點，妳家。

這句話看起來怎麼這麼曖昧？

盯著這句話，溫以凡感覺回什麼都不太對勁，但不回覆好像也不太好。到最後，她乾脆硬著頭皮，強裝沒事地回了個「ＯＫ」的表情。

臨下班前，錢衛華突然扔了個線索給溫以凡，讓她儘快寫篇新聞稿出來。她花了點時間，出公司時已經接近八點了。

怕桑延會等得不耐煩，溫以凡提前告知了他一聲。

到家門口時剛過八點半，溫以凡打開門走了進去。裡頭黑漆漆的，桑延還沒回來。把鑰匙放在鞋櫃上，溫以凡垂下頭，突然注意到王琳琳的那把鑰匙此時也放在上面。她愣了一下，拿到手裡盯著看。她倒是沒想過桑延連鑰匙都沒拿。

溫以凡沒多想，坐到茶几旁燒了壺開水。

客廳有點安靜，溫以凡乾脆打開電視。水燒開的同時，門鈴響了起來。她起身去開門。

桑延手插口袋站在外頭，身上換了件深色的風衣，看上去像是新的。他的眼周一片青灰色，似乎是熬了夜，神色帶了點睏倦。

溫以凡跟他打了聲招呼，然後讓出位子給他：「先坐吧。」

桑延沒搭腔，自顧自地走了進去。

兩人坐回昨天的位子。

溫以凡倒了一杯溫開水給他，在切入主題前隨口扯了幾句：「你昨天睡哪裡？我看你好像沒在主臥睡。」

桑延接過水，但沒喝：「飯店。」

溫以凡有些意外：「你不是懶得去嗎？」

桑延冷淡道：「我沒有在別人家睡覺的習慣。」

他這句話的意思大概是，昨晚還沒決定好他是不是要住進來，這房子就只能算是溫以凡的家。他當時如果住下來，就等同於默認自己是一個無家可歸、接受她施捨的可憐蟲。

「你睡得好就好。」溫以凡喝了口水，輕聲說，「那我們開始談吧？昨天我跟你說的那幾點，你都聽清楚了嗎？」

「嗯。」

溫以凡問：「你考慮好了嗎？」

桑延瞥她，反問：「妳考慮好了？」

溫以凡：「嗯，我對室友沒有太高要求，人品沒問題，互不干擾就行了。而且你不是只住三個月嗎？也沒多久。」

桑延挑了一下眉：「妳對我這麼放心？」

溫以凡一愣：「沒什麼不放心的。」

桑延笑了，慢吞吞地說：「但我對妳不太放心呢。」

那你就不要住。

對他這種三句不離自我陶醉的行為有點無言，溫以凡忍住了：「我在家基本不會跟室友講話，之前跟王琳琳住的時候也是這樣。你要是還不放心，你在房間時鎖好門就可以了。」

上八千道鎖她都不管。

桑延眉梢稍揚，沒對這句話發表言論。

溫以凡又提了一次：「如果你都能接受的話，那我們就來談談合租的注意事項。」

桑延：「談什麼？」

「首先是房租和押金，」溫以凡非常公事公辦，「王琳琳搬走的時候，把房東的聯絡方式給我了。合約是以王琳琳一個人的名義簽的，還有半年到期。房租是月繳，一個月兩萬，押金是一個月的房租，現在是我在墊付，既然你現在搬過來了，那這個錢就我們平分？」

桑延懶洋洋道：「可以。」

「那我跟你說得清楚些。」溫以凡彎腰，從茶几底下拿出本子，在上面寫數字，「我現在住的是次臥，你接下來要住的是王琳琳之前住的主臥，會有一個衛浴，所以你的房租會比我的高一些，一個月一萬二。」

說到這裡，溫以凡停下來，問道：「這樣你可以接受嗎？」

桑延單手撐著側臉，視線放在她身上，散漫地聽著。

「嗯。」

單獨的空間，因為說話，兩人間距離也在拉近。

「水電費是從帳戶裡扣的，我前幾天去刷了簿子，」溫以凡把頭髮挽到耳後，翻出存摺看，「現在裡面還有三千兩百元。」

算到這裡，溫以凡說：「那這樣的話，你先轉給我兩萬三千六百元就好了。」說這句話的同時，溫以凡抬頭看向他。

桑延收回眼：「好。」

「另外，畢竟住在一起，很多東西也不可能分得一清二楚。生活消耗品這些，費用我們也平攤？我明天再列個清單出來給你，但如果你不願意的話，我們各用各的也可以。」

這點小事桑延根本懶得管：「算完直接跟我說數字就好。」

「錢這方面大概就是這樣。」溫以凡說，「我沒有異性合租的經歷，所以我也沒什麼經驗。雖然你只住三個月，但我們還是提前說一下各自的要求，可以吧？」

桑延倒是很配合：「妳說。」

「我的睡眠品質很差。所以第一條是，希望在正常的休息時間，也就是晚上十點到翌日清晨九點，你不要弄出什麼大的聲響。別的時間我都不會干涉。」

他說話像是一次只能說一個字：「好。」

想到男女有別，溫以凡補充：「第二條，注意整潔，弄髒的地方要自己收拾乾淨，公共區域穿著不能過於暴露。」

聽到「暴露」兩字，桑延輕嗤了聲：「妳想得美。」

「最後一條。」溫以凡沒花時間去跟他計較，「帶朋友回來前，要先問過對方的意見。不論是異性還是同性。」

說到這裡，溫以凡突然想起一件事：「你有女朋友嗎？」

桑延抬眼：「嗯？」

「你有的話，」溫以凡提醒，「你得提前跟對方說一下這件事，如果她介意——」

「放心，沒有。」桑延勾了一下唇，語氣不太正經，「但妳也不用高興得太早。」

溫以凡：「？」

桑延：「我暫時呢，還不想談戀愛。」

安靜三秒。

「好的，那如果在我們合租期間你找到對象了，我們再來溝通這件事。」溫以凡補了句，「我找到之後也會跟你說的。」

桑延唇線僵直。

溫以凡想不到別的要求了：「我暫時就是這些，你說說看你有什麼要求。」

「想不到。」桑延敷衍道，「想到再說。」

溫以凡點頭：「那我——」

桑延：「我睡哪個房間？」

「你走到最裡面就是主臥，王琳琳搬走的時候把房間收拾乾淨了。」說半天，溫以凡才意識到最關鍵的一點，「你先去看看符不符合你的要求，不行的話現在再訂個飯店也來得及。」

桑延嗯了聲，起身往裡面走。

溫以凡鬆了口氣，有種解決了大難題的感覺。她走回自己的房間，在衣櫃裡翻著換洗衣服。正想出去，又猶豫地將貼身衣物用衣服蓋住。

這個時候，房門突然被敲響。

溫以凡只好把衣服放回去，走過去開門：「怎麼了？不合適嗎？」

「嗯。」桑延靠著門沿，朝主臥的方向抬抬下巴，「妳搬過去。」

溫以凡還沒反應過來：「你是要住我這間？」

桑延又嗯了聲。

溫以凡房間裡沒什麼見不得人的東西，身子一側，給他足夠的空間往裡面看：「是主臥沒達到你的要求嗎？但次臥的環境沒有主臥好。」

桑延隨意往裡頭掃了一圈，點點頭，依然是那句話：「妳搬過去。」

溫以凡漸漸得出了一個不大肯定的答案。

他是嫌一萬二貴嗎？

溫以凡站在原地不動，隱晦地表明：「兩間房的房租不一樣。」

雖覺得這句話很尷尬，但因為經濟條件，她還是不得不提：「是這樣的，我現在還在試用期，靠補貼吃飯。八千塊已經是我的極限了。」

桑延唇角抽了一下：「沒說要妳多付錢。」

「不是你要不要我多付的問題，」溫以凡說，「誰付的錢多，誰住的房間條件更好。這是一件公認，而且很公平的事情。」

「哪個房間條件更好，是我定的。」桑延尾音懶散，打了個轉，「不是房子定的，懂？」

「……」

「而且妳可以講點道理嗎？」桑延慢吞吞地說，「既然我交的錢比較多，那住哪個房間也應該是我先挑吧？」

「好吧。」溫以凡搞不懂他在想什麼，忍不住問，「你為什麼不住那間？」

「嗯？沒什麼原因。」桑延氣定神閒地道，「就想找點事給妳做。」

「……」

過了幾秒，桑延又說了一句：「那房間味道太難聞。」

也不知是瞎扯的，還是實話實說。

溫以凡的東西不算多，加上兩個房間相距也不過兩公尺，來來回回搬了幾次就搬完了。期間桑延一直坐在椅子上，模樣像個大老爺，沒有半點要幫忙的意思。

拿好最後一樣東西時，溫以凡提議：「那既然這樣，房子裡的兩個廁所我們就分開用？我等一下去把我的東西拿出來。」

可能是覺得這件事情已經溝通完了，桑延只看看她，沒出聲搭理。

溫以凡當他是答應了，走了出去，到公用廁所拿好自己的洗漱用品回去房間。剛剛忙著搬東西沒太注意，現在溫以凡才聞到，房間裡確實是有味道，但不難聞，是王琳琳用的無火薰香的味道。看來這少爺受不了這種香味？

溫以凡想去跟他說，只要通通風，這味道過幾天就散了。但看到一地淩亂的東西時，想到還要再搬一次，她沉默片刻，還是選擇作罷。

洗完澡，溫以凡走出浴室時，腦子裡閃過一瞬間的念頭——房間裡有個浴室也很好，她就不用遮遮掩掩地拿著貼身衣物去洗澡了。

看著亂七八糟的房間，溫以凡有點頭痛，剛把床單鋪好，便聽到手機響了一聲。

她拿起床頭櫃上的手機，點亮螢幕。

是轉帳提醒通知。

——桑延轉了五萬兩千元給您。

看到這個金額，溫以凡愣住。但她很快就反應過來，桑延大概是嫌麻煩，直接給她三個月的房租加押金和水電費。但這麼算起來，要是想湊整數，給她四萬八也夠了，這多的四千塊是幹什麼用的？

溫以凡又想到自己後來說的「生活消耗品」。

她最近沒買什麼東西，算起來只有一台洗衣機。因為之前的洗衣機壞了，太過老舊，修了也不划算，溫以凡跟王琳琳商量後買了一台新的。

王琳琳沒用幾次就走了，溫以凡退押金給她時，乾脆把這筆錢還給她了。

溫以凡不想占桑延便宜，邊截圖清單邊用手機計算機算好帳，算完後，順著上面的數字把多的錢轉回去給他。

發出去的同時，她突然覺得有點不對勁，又重新拿起手機。

另一邊。

聽到床上的手機響了，桑延把毛巾扔到一旁，彎腰拿起來看。

——溫以凡轉了五百二十元給您。

第十六章　照顧一下生意

此時此刻，主臥內。

溫以凡盯著手機，陷入緘默。覺得如果順序顛倒一下，換成「二五〇」都比現在的情況好不少。但她也沒心虛，鎮定地敲了一句：這是你多給的錢，我轉回去給你。

——發送失敗。

兩人的支付寶沒加好友，介面立刻跳出「成為朋友才能聊天，傳送驗證加為好友」。

與此同時，桑延傳了微信訊息過來。

桑延：？

果然是問號。溫以凡看到那個「五二〇」就能猜到他的反應，絲毫不差。

沒等溫以凡回話，桑延又來一句：妳有什麼事？

這個數字確實太引人遐想，但也不是溫以凡憑空捏造出來的。她坐了起來，決定跟他好好解釋：那個是我退給你的差價。

溫以凡把價格一一列出：房租三萬六，押金一萬，水電費一千六。

然後，她把買洗衣機的發票也發了過去：洗衣機買了四千七百六。

溫以凡：我不擅長記帳，所以你不用先給我多的錢，等之後要買什麼東西的時候再說。

過了一會兒，桑延回了封語音訊息：『妳自己再算算。』

他說話的語調毫無起伏，順著話筒傳出來更顯冰冷。但說到最後的時候，尾音總不自覺勾著，向上揚，自帶挑釁的意味。

讓人聽到就很想順著螢幕過去跟他幹一架，但現在，溫以凡只覺得有點摸不著頭緒。

他這句話是什麼意思？說她算錯了嗎？

看著自己發出去的那串數字，溫以凡也有些不確定了。

應該，不至於，吧。

她沒立刻回覆，打開計算機重新算了一遍，出來的數字是「五〇五」。

這對溫以凡來說簡直是晴天霹靂。

她不願意面對事實，在這一刻，她覺得只有正確的數字才能證明她的清白。她將計算機歸零，不死心地重算了一遍。依然沒有任何變化。

溫以凡僵在原地，大腦飛速運轉，思考著接下來該怎麼解釋。

很快，像是見怪不怪，桑延又傳了封語音訊息。

他似有若無地笑了一聲，像是主動給她臺階下，但語氣卻又像是在替她欲蓋彌彰：『好。我知道，妳算錯了嘛。』

溫以凡沒見過桑延這種人。

她倒是想通了，對付他這種人，只能當做聽不懂他的意思，強行把局面掰回正常的軌道。

溫以凡：是的，謝謝提醒。

那頭沒再回覆。

過了大約十分鐘。

溫以凡又傳去一句：那我多轉給你的十五塊……

溫以凡：你直接轉我微信上就好。

◇

把東西收拾好後，看著一地灰塵，溫以凡到陽臺拿清掃工具。打掃完，她把拖把洗乾淨，拎著又放回陽臺。

客廳的燈已經關了，只剩走廊的燈亮著，房子裡一片安靜。

溫以凡正想回自己房間，路過桑延房門時，門突然從裡頭打開了。

溫以凡的腳步一頓，與他的視線對上。

桑延頭髮半濕，黑髮隨意散落額前，身上也只套著休閒的家居服，看起來比平時要多了點人情味。他瞥了她一眼，沒主動說話。

溫以凡也沒吭聲，收回視線，走回房間裡，順帶把門鎖上。

此時剛過十一點，溫以凡現在也睡不太著。她把電腦搬到桌上，又寫了一會兒稿子才開始醞釀睡意。但換了個房間，她不太習慣，一時半刻也沒什麼睡意。

隔壁的桑延也靜悄悄的。

溫以凡後知後覺地有種很神奇的感覺。

剛認識的時候，她就覺得他們兩個不會有太多交集。應該是那種畢業了就斷了聯繫，見面時都不會點頭的關係。

因為兩人的性格天差地遠，再加上他們都不喜歡主動跟人搭話，因此從開學初的遲到和同桌後的一段時間，溫以凡跟桑延沒有什麼交談，而且同桌的時間也沒有持續太久。

後來，還是因為同學私下的傳言，讓他們再度有了交集。

傳言的源頭格外簡單。

就單單只是因為他們開學第一天都遲到，並且都長得極為好看，所以他們被迫成了別人眼中的一對。

這傳言還分了好幾個版本。

有人說他們是國中同學，已經在一起好幾年了，是約好一起上高中的學霸情侶；也有人反駁他們在此之前其實互相不認識，但因為有了一起遲到的經驗，因此衍生出其他情感，現在已經開始地下情；甚至還有人說，兩人其實是在來學校的途中對對方一見鍾情，為了不錯過這天賜良緣，特地找了個地方互相表達心意，等確認了關係之後，才手牽手一起來教室。

溫以凡一開始並不知道這些言論。

班級是按成績排的，她沒跟鐘思喬和向朗分在同一個班，而這些話，都只在他們十七班私下討論。

溫以凡在班上沒有關係特別要好的人，所以根本沒人會跟她這個當事人提八卦，最後還是因為蘇浩安，她才開始知道這些傳言。

因為蘇浩安天天鍥而不捨地在桑延耳邊提。

記得好像是某次下課，在操場做完廣播體操回來的時候。

溫以凡到走廊上的飲水機裝水，正排著隊，突然聽到前頭傳來蘇浩安的聲音。

蘇浩安在班上的人緣很好，話多又自來熟，才開學幾天，就已經和班上大半的人打好關係。此時他笑得猖狂，邊說話邊打後頭的人的胸口。

「今天又有新的八卦了，名人，你要不要聽聽？」

溫以凡下意識抬頭，見到自己前面站的人是桑延，他的背影高瘦，話裡不耐煩的意味格外明顯。

「你差不多一點。」

「什麼啊，不要跟我裝蒜。」蘇浩安說，「這舞蹈生長得多漂亮啊，能跟這樣的人傳緋聞你其實很開心吧。她第一天來坐我後面的時候，我都不好意思跟她說話。」

桑延：「你有什麼毛病？」

蘇浩安：「你就跟我說啊，你難道沒有偷偷……」

話還沒說完，蘇浩安眼睛一轉，突然注意到桑延身後的溫以凡。他立刻閉嘴，過了半晌才舉起手，訥訥地跟溫以凡打了聲招呼：「嗨……」

桑延順勢望過來。

像什麼都沒聽到一樣，溫以凡只笑著點了一下頭，便又低下頭看單字本。
過了幾秒，桑延倒是主動叫她：「學妹。」
溫以凡又抬頭。
「妳不是聽見了嗎？」桑延唇角輕扯，「還是想當做沒聽見？」
溫以凡誠實道：「我不知道你們在說什麼。」
桑延垂下眼，語調痞痞的：「說我在跟妳交往呢。」
溫以凡愣住，「我跟你嗎？」
「嗯。」
「我不知道，我沒聽別人跟我說過。」溫以凡不在意這些事情，「你不用太在意，他們應該也講不了多久。」
畢竟他們很少有來往，總要有點蛛絲馬跡，這謠言才能一直傳下去。沒有的話，自然會不攻自破。
桑延挑眉，隨口道：「這樣最好。」
那時，兩人就是非常普通的同學關係，互相不熟悉，話也說不到幾句。
所以現在，溫以凡能肯定桑延一定不再喜歡她的原因，除了她沒這麼自作多情，還有一點就是因為桑延表現出來的情緒，跟他們剛認識的時候是差不多的。
但其實，他對待喜歡和不喜歡的人的態度有天壤之別。
桑延驕傲至極，骨子裡也同樣熱烈。

他喜歡一個人，儘管是單向的，也不介意讓全世界知道。

◇

隔天。

溫以凡睡到快十點才起床。打扮好之後，溫以凡拿下衣帽架上的外套，走出房間。剛到客廳，她就看到此時正躺在沙發上玩手機的桑延。

聽到聲響，他閒閒地看她一眼，沒搭理她。

溫以凡本想禮貌性地打個招呼，又想到他先前說過的「不要套交情」，還是選擇作罷。

她從電視櫃裡拿了包即溶咖啡，燒了壺水後也坐到沙發上。溫以凡拆了包小餅乾，把即溶咖啡撕開，倒進杯子裡。

在此空隙中，溫以凡低頭打開手機。

發現鐘思喬傳來幾封訊息。

鐘思喬：好！姊！妹！

鐘思喬：我幫妳！找到！室友了！

溫以凡眨了一下眼，回道：我忘了跟妳說了。

溫以凡：我已經找到室友了。

正想繼續解釋，恰好水燒開了。溫以凡只好放下手機，拿起熱水壺往杯子裡倒水。剛把水壺放下，鐘思喬恰好打電話過來。

溫以凡接起，拿湯匙攪拌咖啡。

鐘思喬：『妳找到室友啦？誰啊？』

聞言，溫以凡下意識看了一眼桑延，決定直接略過後面的問題，等之後再跟她提：「對，剛找到的。不過也不住久，三個月就搬了。」

溫以凡：「我忘了跟妳說一聲了，妳替我跟妳那個朋友道個歉吧？」

『什麼我那個朋友！好了我憋不住了。』鐘思喬猛地笑出聲，像是在跟旁邊的人說話：『好了向朗，不要光聽不搭腔了，你還憋得住啊？』

溫以凡很詫異：「向朗在妳旁邊嗎？」

聽到這句話，桑延這才有了些反應，稍稍側過頭。

下一秒，電話那頭傳來一個明朗的男聲，話裡帶著濃濃的笑意。

『對，是我。』

「什麼時候回來的？」溫以凡笑了，「怎麼毫無徵兆？我也沒聽喬喬提起。」

『我哪裡沒提，』鐘思喬嚷嚷，立刻解釋，『我之前不就跟妳說這小子下個月回國了嗎？是妳自己忘了。』

說起來，溫以凡跟向朗也很久沒見了。

她搬到北榆之後，基本上沒回來過南蕪。而向朗在高中畢業就出了國，至今也好幾年了，中途只斷斷續續聯繫過，時間久了聯繫也少了。

他的近況，溫以凡多是聽鐘思喬提起的。
「今天不是週一嗎？喬喬妳不上班嗎？」溫以凡問，「你們怎麼會在一起？」
『我們公司已經開始放假了，』鐘思喬解釋，『我倆剛見面，一大早就傳訊息給妳，想找妳一起聚聚，結果妳現在才回。』
溫以凡坦然道：「我剛睡醒。」
向朗：『我也猜到了。』
『那好吧，妳趕快去吃點東西，等一下還要上班吧？』鐘思喬說，『知道妳今天沒空，那我們再約個時間吧？妳啥時有假，我們三個聚一聚吧。』
「過兩天吧。」溫以凡回想了一下，「我週四不上班。」
鐘思喬又問：『妳新年放幾天啊？』
溫以凡：「三天。」
『我靠，唉，嗚嗚嗚我們以凡也太慘了，』鐘思喬說，『好了我不打擾妳了，那就過兩天見吧。我的手鍊妳記得帶來。』
向朗補了句：『可不要放我們鴿子了。』
溫以凡失笑：「當然不會。」
掛了電話，溫以凡低頭喝了口咖啡，再抬眼時，突然撞上桑延的目光。本以為只是巧合，她收回視線，卻又用餘光看到他似乎還在看她。
正當溫以凡想問問他有什麼事的時候，桑延忽地提起她剛剛電話裡的內容。

「妳週四放假？」

溫以凡看他：「嗯。」

桑延把手機放下：「打算出去玩？」

溫以凡點點頭，下意識說：「向朗回國了，就聚一聚。」

答完之後，她看向桑延，隨口道：「你們應該認識吧，他好像跟我說過高三你們同班。」

桑延：「噢，沒印象。」

溫以凡不知道他要幹嘛，但也沒繼續回話。

片刻後。

桑延又問：「挑好地點了？」

溫以凡：「沒。」

「那不然就定在我的酒吧？」桑延雙腿交疊搭在沙發上，悠哉地說，「室友一場，幫忙照顧一下生意吧。」

第十七章　等我

溫以凡是真的沒想過，他在這裡沉默半天，把她徹徹底底當成空氣來看待，最後決定「紆尊降貴」跟她說話的原因，居然是為了幫自家店招攬生意。

她沉默三秒，忍不住問：「你的店困難到這種地步了嗎？」

「不是不怎麼賺錢嗎？總得花點心思宣傳。」桑延懶懶地問，「來不來？來的話我大方一點，幫妳打個室友價。」

溫以凡這才稍微有點要去的打算：「具體是多少折？」

如果能打折，那當然好。照顧他生意的同時，她這邊也能省點錢，也算是各得其所。

桑延歪頭，拖著尾音思考了一下：「那就九九吧。」

溫以凡以為自己聽錯，「嗯？多少？」

桑延看起來並不認為自己說的有什麼問題，有耐心地重複：「九九。」

怪不得不賺錢，你就等著倒閉吧。

盯著他看了一會兒，溫以凡才道：「是還滿大方的。」她沒直接拒絕：「我考慮一下。」

「好，來的話提前跟我說一聲，」桑延又繼續看手機，「我給你們包廂。」

「好。」想著對方幫過自己不少，溫以凡還是善意地提醒了句，「宣傳這方面雖然重要，但店面裝修你也得考慮一下。」

桑延抬眼看她：「什麼意思？」

「你的店招牌太不明顯了，看起來不太像酒吧，反而像個……」溫以凡停頓，也不知道這樣說會不會讓他不快，「理髮店。」

「……」

「我第一次去的時候，找了半天才找到『加班』。」溫以凡很實在地說，「而且看起來還很沒有讓人想進去的欲望。」

客廳頓時靜默。

不確定這提醒會不會說得太過頭，溫以凡覺得自己好像也沒有立場跟他說這些話。她把剩下的咖啡喝完，主動緩和氣氛：「不過我也只是提個意見。」

「既然這麼難找，」但桑延似乎不太在意她這些話，意味深長地重複，「又這麼沒有想進去的欲望——」他恰到好處般地停頓了一下，話裡帶了幾分玩味，「那妳第一次為什麼來我的酒吧？」

溫以凡愣住，回答不出來。

畢竟就算不是她主動發起，這個目的也確實是不純的。

桑延難得貼心地沒繼續追問。他收回視線，隨意道：「妳的建議我會考慮的。」

溫以凡鬆了口氣：「那——」

「不過呢，」桑延語氣很跩，「我並不打算改。」

◇

溫以凡有種在這裡跟他說了那麼多，最後都是在浪費時間的感覺。吃完餅乾，她便套上外套出了門。到公司時，已經差不多要到午餐時間了。

蘇恬正坐在位子上，問道：「妳今天怎麼這麼晚？」

「今天沒什麼事，就下午有個採訪。」溫以凡說，「跟工作比起來，還是命重要點。我再不多睡一點，感覺活不到明年。」

「唉，也是。我現在休息連門都不想出，只想在床上躺一天。」蘇恬整個人趴在桌上哀嚎，「時間可不可以過快點，趕快過年，我想放假！」

說著，突然間，蘇恬坐了起來：「對了，忘了跟妳說。」

「什麼？」

「剛剛王琳琳在微信找我，叫妳回一下她微信。」蘇恬說，「妳是沒看到嗎？不過她找妳幹嘛，感覺還滿急的樣子，還找到我這裡來了。」

溫以凡打開電腦：「嗯，我等一下回。」

她的情緒向來平靜，看起來滴水不漏，蘇恬也沒察覺出什麼：「不過以凡，妳也是人很好。妳剛搬進去她就搬走，如果我是妳，我一定也跟著搬。」

「反正房子是她租的。」蘇恬翻了個白眼，「她現在心裡大概樂得很呢，還有那麼久才到期，她提前搬連押金都能收回。」

「也不是什麼大事，」溫以凡說，「我還滿喜歡這房子的。」

蘇恬嘆息：「所以我說妳人好。」

這段時間，錢衛華因一起鬧得沸沸揚揚的殺人案件到臨鎮出差。他手頭上還有個後續採訪趕著要播，主任一直在催，但他也分身乏術，這篇報導便到了溫以凡手裡。

是十七號晚上發生的一起強姦未遂案。

一名女子下班之後，在回家路上被一名男子持刀挾持，拖進北區的一條偏僻小巷。路過的攤販發現並出手相救，女子因此逃出。對抗過程中，男性攤販的手部神經嚴重受損。

把提綱整理好，溫以凡覺得時間差不多了，起身往四周看了一眼：「大壯呢？」

蘇恬：「好像被誰叫出去一起採訪了，我也不知道。」

「好吧。」溫以凡也沒在意，「那我自己去吧。」

溫以凡進《傳達》的時候，是應徵文字記者。說是這麼說，但當團隊裡人手不足時，就什麼事情都得做。

不會就學，拍攝、採訪、寫稿、剪輯和後期，都自己來。

拿好設備，溫以凡獨自跑了趟市立醫院。

溫以凡找到攤販所在的病房，在徵得他同意之後，對他現在的情況做了採訪。

男攤主三十歲出頭，看起來老實憨厚。對著溫以凡的每個問題，他都答得認認真真的，靦腆到不敢對上她的視線，話說多了臉頰還會發紅。

問完提綱上的問題，溫以凡自己又補充了幾個，之後也沒再打擾他休息。她拿好攝影器材，跟男攤主道了聲謝，打算去找他的主治醫生仔細問問。

剛走出病房，溫以凡就被人叫住。

「妳……溫以凡？」

順著聲音望去。

離這兩三公尺的位置，一個眉眼略顯熟悉的女生正遲疑地看著她。她年齡看起來不大，手上提了個水果籃，像是來探病的。

溫以凡朝她笑了一下，但一時半刻也想不起來她是誰。

「妳什麼時候回南蕪的？」女生皺眉，「我怎麼沒聽媽媽說過？」

這句話讓溫以凡瞬間認出她來。

鄭可佳，是她繼父的女兒。

說起來，溫以凡上回見她好像也是高二的事情了。

那時候鄭可佳才國一，還沒有打扮自己的意識，性格嬌蠻又任性。跟現在長開了之後，會打扮的模樣相差甚遠。

溫以凡也沒想過會在這裡碰見她。

注意到溫以凡手裡的東西，鄭可佳猜測道：「妳這是出差嗎？」

「不是，我搬回南蕪了。」攝影機的重量不輕，溫以凡開始應付，「我還有工作了，有時間再聯繫。」

鄭可佳咕噥道：「誰要跟妳聯繫。」

「也好，」溫以凡點頭，「那我們都省時間了。」

鄭可佳被她這句話弄得說不出話來，想半天才擠出一句，「妳沒事回來幹嘛。」

「我有事才能回來嗎？」溫以凡笑，「妳不用擔心，我回南蕪不代表我會回家住。我們今天就當沒見過，只要妳不說，沒其他人知道。」

鄭可佳皺眉：「我又沒說不讓妳回家住。」

溫以凡：「好，妳沒說。」

「妳說話怎麼這麼討厭？」鄭可佳有些不悅了，「我不是在好好地跟妳說話嗎？我只是以前說過不想跟妳住在一起，但我現在哪有說。」

溫以凡站在原地，安靜看她。

說著說著，鄭可佳漸漸沒了氣勢：「而且都多久以前的事情了，我那時候才多大……」

「確實很久了，我都快認不出妳了，我們似乎也沒有敘舊的必要。」溫以凡說，「妳快去探病吧，拎著水果也累。」

「等等！妳過年會回家嗎？」鄭可佳說，「妳不回來見見小弟嗎？」

鄭可佳口中的小弟，是趙媛冬再婚三年後，生下的一個男孩。

溫以凡至今都沒見過，趙媛冬偶爾會傳照片給她看。

「不回去。」溫以凡扯了個理由，「我工作很忙，基本上沒有假期。」

沉默須臾。

鄭可佳從口袋裡翻出手機：「那我們加個微信，今晚吃個飯？我跟妳道歉，以前是我不對——」

「鄭可佳，」溫以凡等一下還得跑一趟派出所，之後回台裡寫稿剪片，實在沒時間跟她扯，「我只想過自己的生活。」

「……」

「我回南蕪不為任何人，我不回家住也不是因為妳。」溫以凡輕聲說，「我做什麼事情，都只為了我自己。」

「……」

溫以凡看了一眼時間：「我是真的趕時間，就先走了。」

鄭可佳動了動唇，但什麼也沒說。

也沒等她再回應，溫以凡轉頭看了一下指示牌，順著方向往神經內科走。

溫以凡找到攤販的主治醫生。她不想耽誤醫生看診，沒占用太多時間，按照攤販的情況問了幾個問題，道了聲謝便離開。

走出醫院前，溫以凡去了趟廁所。溫以凡彎腰打開水龍頭，碰到冰水的時候，不自覺瑟縮了一下。她有一瞬間的呆愣，也許是因為剛剛見到了鄭可佳。

讓她想起很多以前的事情。

溫以凡想起父親溫良哲跟她說過的話。

——『我們霜降是女孩子，不要總是碰冷水。』

這幾年，好像也只有想到溫良哲的時候，溫以凡的情緒才會被影響。她鼻子一酸，用力眨了一下眼，回過神慢吞吞地把手洗乾淨。

溫以凡高中的外號，同學們也不是胡編亂造，取得有依有據。

她那時候是真的什麼都不會，住宿生活所有清掃的事情，都是室友教她的。她脾氣很好，人家有時候不耐煩了跟她發火，她也不會記仇。

溫以凡從小被嬌慣著長大，是家裡的獨生女，是溫良哲和趙媛冬唯一的掌上明珠。他們支持她想做的任何事情，對她沒有太大的期望，只希望她能快樂平安地過完這一生。

那時溫以凡過得極為無憂無慮。

就算在班上沒太多的朋友，她仍然沒有任何煩惱，因為她得到的愛已經夠多了。

可那個時候的溫以凡沒想過她會有這麼一天。

因為溫良哲去世，因為再婚的趙媛冬，因為極其害怕被她搶走父親寵愛的鄭可佳，她被趙媛冬送到奶奶家住。後來因為奶奶身體不好，她又被送到了大伯家。

那大概是溫以凡這輩子，心思最敏感的時候。

——她覺得自己沒有人要。

儘管有地方住，卻仍然覺得這世間沒有一個地方是她的容身之處。

覺得自己毫無歸屬感。

溫以凡非常怕做錯事情，過得極為戰戰兢兢，就連吃飯的時候，筷子和碗發出碰撞聲，呼吸都會下意識停住。

溫以凡很清晰地記得，有個週末，大伯母給了她八十塊，讓她出門去買盒手撕雞回來。

溫以凡順從地拿著錢出門。

到大伯母指定的店買了份手撕雞，溫以凡準備給錢時，卻發現錢不見了。

她當時大腦一片空白，看著老闆的表情，只能訥訥地說等一下再回來拿。然後，溫以凡沿路走了回去，認認真真地盯著地上的每一個角落。

就這麼來來回回地重複了好幾次，溫以凡也沒有看到那些錢的蹤跡。

她到現在都記得那時候的感覺。極為恐慌，卻又茫然無助。

儘管現在想想，好像只是一件滿可笑的事，就單單只是八十塊，她只是掉了八十塊。

就只是因為這麼小的事情。

溫以凡一整個下午都沒回去，漫無目的地在周圍走，一直走到天都黑了。她在一個空無一人的公車站停下，坐在椅子上，盯著灰色的水泥地。

覺得一切都慢了下來。

她不敢回去。

怕會因為這件事情，被大伯送到下一個親戚家，然後這樣的事情會一直接連不斷地發生。

她會成為一個所有人都在推託的包袱。

然後，那個時候，桑延像是從天而降，突然出現在她的眼前。他似乎是剛從哪裡打完球回來，手上抱著一顆籃球，上半身都濕透了，髮梢還染著汗水。

桑延走到她面前，彎下腰來，帶著少年特有的氣息。那時他知道了她的小名，像是故意似的，再沒叫過她的本名：「溫霜降，妳在這裡幹什麼？」

聽到聲音，溫以凡緩慢地抬起頭看他，沉默不語。

桑延揚眉：「妳怎麼這種表情？」

依然安靜著。

桑延拿籃球碰了碰她：「妳倒是說句話啊。」

「桑延，」溫以凡這才有了反應，聲音很輕，「你可不可以借我八十塊？」

「……」

「我出來買東西，錢掉了。」

桑延愣住，伸手翻翻口袋：「我出來沒帶錢。」

溫以凡立刻低下眼：「那不用了……」

「什麼不用，我就只是現在沒錢，不代表我五分鐘後也沒錢。」桑延站直起來，「妳就坐這裡，五分鐘就行。」

「……」

想了想，桑延又把手裡的籃球塞到她手裡。

「等我。」

沒等溫以凡應話，桑延就已經跑走了，不知道要去哪裡。她重新低下頭，盯著手裡那個髒兮兮的籃球，看著上面的紋路。

晚風安靜吹著，面前的車來了一輛，又來了一輛。

溫以凡不知道到底有沒有五分鐘，只記得，當時桑延很快就回來了。他還喘著氣，蹲到她面前，從口袋裡翻出不知道從哪裡弄來的八十塊：「拿著，記得還啊。」

溫以凡的手有些僵，接過錢：「謝謝。」

桑延仰頭看她，汗水順著額間的髮落下：「妳怎麼還一副要哭了的樣子？」

「……」

他笑：「也沒必要這麼感動吧？」

溫以凡抿了下唇，重複一次：「謝謝。」

「沒關係，不是什麼大事，」察覺到她的心情依然不好，桑延抓抓頭，但也不知道怎麼安慰，「不就是掉了八十塊。」

「下次如果再掉，妳就打個電話給我吧。」少年眉眼意氣風發，扯了一下唇角，「多少我都借妳，好不好？」

第十八章　只有一個嗎？

剛走出醫院，溫以凡就接到趙媛冬的電話。

雖然按照鄭可佳那個什麼都瞞不住的個性，溫以凡也沒想過她能當做什麼事情都沒發生。但她也沒預料到，這還沒過半小時，鄭可佳就已經將這件事上報了。

趙媛冬的聲音順著電流聲傳來，語氣有些猶疑：『阿降，我剛聽佳佳說，她在市立醫院見到妳了？妳回南蕪了嗎？』

溫以凡往對面的公車站走，嗯了聲。

這聲一落，兩人都安靜了下來。

趙媛冬嘆了口氣，也沒有多說什麼：『回來多久了？』

溫以凡：「沒多久。」

趙媛冬：『以後就打算在南蕪安定下來了嗎？』

溫以凡頓了幾秒，老實說：「不知道。」

『那以後再決定吧，南蕪滿好的。妳一個人在外面，媽媽也不放心。』趙媛冬說，『還有，妳過年有假的話，就回家跟媽媽一起過年，不要自己一個人在外面過了。』

「嗯。」

趙媛冬絮絮叨叨：『最近南蕪又降溫了，記得多穿點，不要因為工作忙就忘了吃飯，對自己好一點，知道嗎？』

溫以凡坐在公車站的椅子上，心不在焉地聽著：「好。」

又是良久的沉默。

不知過了多久，溫以凡隱隱聽到那頭傳來抽噎聲。

她的眼睫動了動。

『阿降，』說這句話的時候，趙媛冬的聲音漸漸地有點哽咽，『媽媽知道妳怪我，這些年我確實、沒怎麼盡到一個做母親的責任……我這兩天一直夢到妳爸，他也在怪——』

「說什麼都行，」溫以凡打斷她的話，「但妳可不可以不要提我爸？」

『……』

察覺自己的情緒似乎上來了，溫以凡又垂下眼，立刻收斂了些：「不要哭了，我過得滿好的。有時間的話，我會去妳那裡的。」

趙媛冬沒出聲。

溫以凡笑了笑：「而且妳這個母親做得滿好的。」

——只不過不是對我而已。

恰好公車來了，溫以凡站起身，跟那頭說了句道別語便掛斷電話。她上車，找個位子坐下，盯著因為車的行駛，窗外糊成一團的光影。

思緒漸漸放空。慢慢地，一點一點地，將所有負面情緒消化掉。像是有隻無形的手，能將其掏空。又像是，只能將之堆積，壓在看不見的地方。

下車的同時，溫以凡也調整好了情緒。

可能是因為今天睡得夠久，溫以凡一整天都精神十足。

從派出所出來後，她回到電視台，整個下午都待在編輯室裡聽寫稿，寫完之後繼續剪起片子。之後回到辦公室，還將之前積攢不少的稿子寫完。

四周的人來了又走，漸漸只剩下她一個人。

再看時間，已經接近十一點了。

溫以凡一愣，立刻起身收拾東西，迅速走出公司。天色已晚，街道上已經沒幾個路人，一路上靜謐又沉默。

她小跑到地鐵站，喘著氣，在廣播聲中趕上最後一班地鐵。溫以凡鬆了口氣。

這個時間的地鐵上人不算多，溫以凡找了個位子坐下。

她滑滑手機，忽地注意到兩小時前，趙媛冬轉了一萬二到她的戶頭。

溫以凡抿抿唇，直接將錢轉了回去。

到家也差不多十一點半了。

她進了門，低頭脫掉鞋子，抬頭時，恰好與躺在沙發上的桑延對上視線。

溫以凡突然有點羨慕他的生活。

她出門的時候，他在沙發上躺著；她在外面忙了一天回來之後，他依然在沙發上躺著。像個無所事事卻又有錢的無業遊民。

此時客廳的電視開著，放著不知叫什麼名字的家庭倫理劇。

桑延沒在看電視，可能只是當背景音樂聽著。他拿著手機，聽聲音似乎是在打遊戲。手機的音量也放得很大，跟電視聲混雜在一起。

溫以凡沒提醒他。

她打算先去洗個澡，如果出來之後他的「存在感」依然這麼高的話，再傳微信叫他注意一點。隔著一道螢幕，應該也算是有給他面子了。

溫以凡正想往房間走，桑延又抬眸叫住她：「喂。」

不知道這大少爺又要幹什麼，溫以凡猶疑地站定：「怎麼了？」

桑延的話來得突然：「我這個人呢。」

溫以凡：「嗯？」

桑延繼續打遊戲，漫不經心地跟她說話：「有個毛病。」

溫以凡很想吐槽，只有一個嗎？

「我的安全意識非常強，睡之前，房子的門必須上鎖，」桑延停了幾秒，直直地看向她，「不然我睡不著。」

他這個表情和話裡的意思，似乎是在譴責她。

因為她的緣故，影響到他正常的休息。

「我回家之後也有鎖門的習慣，」溫以凡跟他商量，「你如果睏了就先睡，我如果比你晚到家，會把門鎖上的。你不用擔心不安全。」

「我說的是，」桑延半躺著，看她得抬起頭，卻仍顯得傲慢，「睡、前。」

溫以凡提醒，「我們合租之前，我已經跟你說清楚了。我工作會經常加班，很不規律，你也接受了。」

「對。」桑延不慌不忙地說，「所以以後妳十點前回不來，麻煩提前跟我說一聲。」

沉默。

溫以凡問：「說一聲就有用？」

「當然不是，這算是我們對彼此的尊重。」桑延吊兒郎當地道，「不然妳哪天要是徹夜不歸，我豈不是一整晚都不能鎖門，要在恐懼和不安中度過一夜？」

溫以凡是真的覺得他一天到晚都很煩人，但也不過是一句話的事情，溫以凡也就沒跟他爭：「好，以後晚歸我會提前跟你說一聲。」

說完，沒等她回房間，桑延又道：「還有。」

溫以凡好脾氣地道：「還有什麼事嗎？」

「生意，」桑延言簡意賅，「幫忙嗎？」

這件事溫以凡還沒跟鐘思喬他們商量，她本想直接拒絕，但又鬼使神差地想到桑延的那八十塊。她吞回嘴裡的話，改口：「真的只能九九？」

最後桑延還是鬆了口，幫她打了個最最最友情價——八．九折。溫以凡也不知道自己是發了什麼神經，居然答應了。

◇

回到房間，溫以凡打開手機。

恰好看到鐘思喬和向朗在他們三人的群組裡聊天，正在提後天聚會的事情。溫以凡的指尖在螢幕上停了半天，極其後悔自己因為一時閃過的感激之情而答應了這件事。

溫以凡硬著頭皮：要不然去「加班」吧？

鐘思喬：啊？那不是我們上次去的那間嗎？

鐘思喬：桑延的酒吧？

溫以凡：對。

鐘思喬：為啥去那裡，我們都去過了。

鐘思喬：我這次想換一個！

向朗：桑延？

向朗：他都開酒吧了啊。

溫以凡：因為……

溫以凡：我跟你們說件事。

向朗：什麼？

鐘思喬：說。
溫以凡：我之前跟你們說我找到的那個合租室友。
溫以凡：是桑延。
群組在頃刻間像是靜止住。
向朗：?
鐘思喬：???
鐘思喬：???你們住在一起了?
鐘思喬：我對他的印象，還停留在他叫妳把他的外套拿回去做紀念。
鐘思喬：怎！麼！回！事！
鐘思喬：如！實！招！來！
溫以凡：等見面了我再跟你們說吧。
溫以凡：去嗎?他說會給我們打個友情價。
鐘思喬：打折啊，那我同意。
鐘思喬：打多少啊。
溫以凡：……
溫以凡：八點九。
鐘思喬：……
向朗：……

鐘思喬：你叫他滾吧。
鐘思喬：把誰當冤大頭！傻子才相信他的友情價！
溫以凡：……
溫以凡：我同意了。

◇

雖然他們都對桑延提出的這個優惠毫無興趣，但也不好讓溫以凡出爾反爾，最後只能把聚會地點定在加班酒吧。

週四晚上，溫以凡正準備出門時，桑延也正巧從房間裡出來。他換了身衣服，穿著深色的防風外套，此時正把拉鍊拉到脖頸處。

「我們應該吃完晚飯才會過去，」溫以凡不太確定他是不是幫忙留位子了，主動提了一下，「到時候我跟服務生報我的名字就可以了嗎？」

桑延瞥她：「報我的。」

溫以凡喔了聲：「那謝謝了。」

向朗的電話剛好在這時候打來。溫以凡接了起來，邊走到玄關處穿鞋：「你們到了嗎？」

『到妳社區門口了，』向朗的聲音清亮，含著笑意，『沒辦法進去，妳自己走出來可以嗎？妳一出來就會看到我們。』

「好。」溫以凡說，「那你們等一下，我現在出去，很快的。」

『沒事，不急。』向朗說，『妳慢慢來。』

『什麼不急！』電話那頭傳來鐘思喬的聲音，吵吵鬧鬧的，『溫以凡！妳給我快點！我快要餓死了！』

「那妳再忍一下，」溫以凡拿好鑰匙，笑道，「我現在去救妳的命。」

走出家門，溫以凡剛打算把門關上，卻發現桑延也要出門。現在他正站在她身後，她頓了一下，朝他點點頭，然後走到電梯間等電梯。

後頭傳來桑延關門的聲音。

兩人走進電梯，電梯門闔上。

溫以凡按了一樓，動作停住，問他：「幫你按地下一樓？」

桑延手插著口袋站在原地，悠哉地說：「不用。」

又恢復寂靜。直到一樓，溫以凡走了出去。

不知道他今天為什麼不開車出門，溫以凡也沒在意。怕他們等太久，她看了一眼時間，走路速度漸漸加快。

剛走出社區，溫以凡就如向朗電話裡所說的那般，一眼就看到他們兩人。她已經好幾年沒見過向朗了，但他的變化並不大。

向朗的長相偏秀氣，穿著棕色的長大衣，戴著一副細框眼鏡，看上去斯斯文文的。

鐘思喬站在他的旁邊。

除此之外，他們附近還站著一個高高壯壯的男人，溫以凡定眼一看，是蘇浩安。

三人此時正聊著天，氣氛看上去很熱絡。

正疑惑著蘇浩安怎麼會在這裡的時候，溫以凡忽地想到今天不開車出門的桑延。她下意識回頭看，就見到桑延此時剛從小門出來。

兩人之間隔了一段距離。

先發現溫以凡的是向朗。他笑得開朗，停下聊天，朝溫以凡招招手：「以凡，快過來。」

看見後面的桑延，蘇浩安也開了口：「你們一起出門的嗎？」

面前三人的視線全數落到溫以凡身上。

反正他們都知道他們合租的事，溫以凡也不覺得有什麼不妥，表情十分坦然：「嗯。」

「嗳，」蘇浩安主動邀請，「既然這麼巧碰到了，我們一起去吃飯吧。向朗，你還記得吧，我們以前可是同桌！」

向朗笑：「記得。」

鐘思喬爽快地答應：「那就一起去啊，反正都是去吃飯。」

「那好，先上車吧，外面好冷。」蘇浩安本打算回自己的車，想了想，又改口，「那這樣我就不開車了？我還打算喝點酒呢，車我就直接停這裡了。向朗，我搭你的車啊。」

向朗：「好。」

在他們說話的期間，桑延往這邊走來。路過溫以凡旁邊時，他腳步一頓，側頭慢吞吞地開了口：「雖然知道這是一件很值得炫耀的事情。」

溫以凡：「？」

「但我們合租的事情，」桑延嘖了聲，似是有些困擾，「妳也不必逢人就提。」

第十九章　溫、、

與此同時，蘇浩安已經拉開後座的門。

瞥見站在原地的溫以凡和桑延，他催促道：「你們還站著幹嘛？有什麼事上車再說。」

溫以凡收回目光：「來了。」

向朗的車只有五個座位，現在只剩後座的兩個位子。

溫以凡走到靠近她這側的門，伸手拉開。還沒等她坐進去，桑延已經搶先她一步，抬手抵在車窗上。他的動作停住，低下眼瞥她，挑眉說了句：「謝了。」

彷彿她是專門幫忙開車門的工具。

溫以凡看著他坐到後座中央的位子，再往裡面的另一側是蘇浩安。鐘思喬正坐在副駕駛座上看著她：「凡凡快上車。」

她應了聲好，坐上車。

剛把車門關上，蘇浩安立刻嬉皮笑臉地八卦：「你們兩個在說什麼？可不可以也讓我聽聽？」

溫以凡往桑延臉上看了一眼，誠實地說：「他叫我不要到處炫耀。」

鐘思喬接話：「不要炫耀什麼？」

溫以凡：「跟他合租的事情。」

車內空間密閉，氣氛也像是因此停滯。

好幾秒後，沉默被蘇浩安的一句髒話打破。

「我靠。大哥，我知道你這個人不要臉，但你也不能這麼不要臉吧？」蘇浩安說，「溫以凡，妳不用理他。他這個人就是嘴賤，跟高中的時候同副德性。正常人年紀大了都會收斂點，但在他身上不可能的，他只會越來越賤——」

桑延側頭，忽地說：「你今天心情還真好。」

聽到這句話，蘇浩安立刻閉嘴。

鐘思喬呵呵了聲：「桑延還是這麼幽默。」

向朗轉著方向盤，溫和地補充：「以凡只跟我們兩個說了，你不用擔心。」

桑延沒搭腔。

溫以凡看了一眼桑延。其實對桑延的這些話，她每次聽到都沒什麼感覺，最多也只有種無言的感覺。腦子裡的第一個反應就是，哇，原來她的話還能被曲解成這種意思。又或者是，太強了，這種話都能面不改色地說出口。

所以溫以凡剛剛複述的時候，沒帶什麼情緒，也沒有想太多。她懶得編話，又覺得他既然能說出口，那這些話他應該也不介意讓別人知道，乾脆直接如實說。

但現在，她莫名地有種自己在打小報告的心虛感。

「對了，溫以凡。」蘇浩安說，「提起這件事，我還是得跟妳道個歉啊。我之前以為這房子的合約是每個租客分開簽的，也沒弄清楚合約的流程，我還以為跟原租客談妥，直接搬進去就可以了。」

溫以凡轉頭看他。桑延坐在他們中間，像把他們當成空氣一樣，完全沒參與話題。

蘇浩安：「所以桑延叫我找房子的時候，我就直接把鑰匙給他了。我聽那個誰說了，嚇到妳了真是不好意思。今天這頓我請，就當是對妳賠個罪。」

溫以凡下意識問：「那個誰？」

蘇浩安沉默一會兒：「就王琳琳。」

他這反應像是跟王琳琳鬧彆扭了。這件事情在溫以凡這邊早就過去了，她沒計較，也不打算干涉其他人的事情：「沒關係，這件事情也已經解決了。以後碰到類似的事情，你多注意點就好了。」

鐘思喬回頭：「噯，妳之前跟我說，和妳合租的室友是妳同事，叫王琳琳是吧？」

溫以凡：「對。」

向朗：「那蘇浩安，你怎麼也認識王琳琳？」

蘇浩安說，「我前女友。」

鐘思喬詫異：「這麼巧嗎？」

溫以凡也有點驚訝，因為那個「前」字。

向朗笑：「那你把鑰匙給桑延的時候，知道另一個室友是以凡嗎？」

蘇浩安嘆氣，裝模作樣地道：「我哪知道。」

「這樣啊。不過倒是沒想到，桑延居然能願意跟人合租。」向朗順著後照鏡往後看，意有所指地道，「聽說你現在開了間酒吧，應該很賺錢吧。」

身為老闆之一的蘇浩安正想低調又不失顯擺地來一句「還可以吧」，但沒等他開口，這次桑延倒是長了耳朵和嘴，語調依然痞痞的：

「不太好呢。」

◇

一行人來的是最近一家很受歡迎的火鍋店。

向朗提前訂位，但不知道會遇上蘇浩安和桑延，所以店裡安排的是一張四人桌。桌子每側擺了張長板凳，坐一人寬敞，兩人就有點擁擠。不過店裡也沒別的位子了，只能將就地擠一擠。

兩個女生身材嬌小，坐在同一排，另外三個男人各坐一排。

溫以凡的另一側是向朗，對面是桑延。

向朗將衣袖捲起，邊跟蘇浩安聊天，邊周到地替其他人倒了茶水。

溫以凡拿起杯子，輕抿了一口。見狀，鐘思喬拍了一下她的手臂，好笑地道：「妳放著，不是讓妳喝的，等我幫妳燙一下碗筷。」

恰好，向朗已經把自己的碗筷用茶水燙了一遍。他習慣性推到溫以凡的面前，跟她換了一副碗筷，隨口道：「我們都一樣。我在國外待久了，也沒這個習慣了。」

動作極為自然。

桑延盯著看了兩秒，很快就收回視線。

注意到向朗的舉動，蘇浩安大剌剌地說：「你怎麼像在照顧女朋友一樣？」

「差不多吧，我們都有這個習慣。」鐘思喬很自然地道，「溫以凡以前老是燙到自己，導致我們看到她拿開水就心驚膽戰，之後不是我幫她就是向朗幫她。」

蘇浩安恍然大悟：「喔，我差點忘了，你們三個從小是一起長大的吧？」

溫以凡：「從幼稚園就同班。」

「噯，我突然想起一件事，」還沒開始說，鐘思喬就開始笑，「溫以凡小學的時候還有個外號叫溫點點。」

「啊？」蘇浩安問，「為什麼？」

「因為，一年級開學的第一天，老師叫我們在本子上寫自己的名字。」向朗也笑了，「但以凡學東西很慢，當時只會寫自己的姓，每次都只能想起自己名字裡的那兩個點。」

「所以剛開學那段時間，她每次寫自己的名字，」鐘思喬比劃了一下，「都寫溫、、。」

溫以凡有點窘迫，只是低頭喝水。

蘇浩安愣了一下，然後笑了半天。他笑的時候，總有拍人的毛病，現在受傷的人依然是他隔壁的桑延：「笑死我了。」

桑延看起來很不爽，冷冷道：「你有病？」

「你脾氣怎麼這麼大？」蘇浩安訕訕地收手，嘆了口氣，「我還滿羨慕你們的，我認識最久的就是桑延這狗，但他這個性，你們懂吧？我也滿痛苦的。」

聽到「痛苦」兩字，溫以凡覺得好笑，唇角淺淺地彎了一下。

這情況，讓她莫名聯想到兩人的初次見面。溫以凡抬起眼，恰好跟桑延涼涼的目光撞上。

溫以凡眨了一下眼，平靜地垂下頭，稍稍收斂了些。

接下來的一頓飯吃得很安穩。

有蘇浩安在的場合根本不會冷場，全程大多是他在說話，東西也都是他在吃。兩件事情同時進行，他也完全不耽誤什麼。

溫以凡只象徵性地吃了一點，她很少吃晚飯。

一開始是因為她胃口小，基本上不太會覺得餓，所以忙起來根本不記得吃飯。休息日在家時，她也懶得弄，最後乾脆直接不吃。但在外採訪時，她的包包裡會放不少補充體力的能量棒。

飯後，一行人開車到了墮落街，去到那個像髮廊一樣的加班酒吧。熟悉的黑色招牌，在這五光十色的地方散發著與眾不同的氣息。

進了酒吧，店裡放著重金屬樂，一進門就像熱浪一樣撲面而來。

桑延往吧檯走，似乎打算從這裡開始跟他們分道揚鑣，只丟了句：「你帶他們上去吧。」

但沒走幾步就被蘇浩安拉住：「不是，你去哪裡？老同學見面，我們多聊一會兒啊。而且，你頂著這張臭臉在吧檯，我們還會有生意嗎？」

蘇浩安把他們帶到二樓中間的沙發。

沙發呈「U」字型擺放。位置安排得跟吃飯的時候差不多，兩個女生坐在中間，桑延和蘇浩安坐在靠左的位置，另一側是向朗。

但此時變成桑延坐她隔壁，鐘思喬旁邊是向朗。

一坐下，桑延便靠到椅背上，像沒骨頭似的，沒什麼坐相。他穿著高領的防風外套，微擋著下顎，看上去睏極了。

溫以凡翻出手機，在心裡盤算著回家的時間。

在這個時候，鐘思喬湊到她耳邊說：「姊妹，妳跟桑延合租，會不會過得很慘啊？」

她頓了一下：「怎麼這麼問？」

「這整頓飯，我就沒見他笑過一次，像有人欠了他八百萬。」怕被聽見，鐘思喬聲音壓低了些，「他是怎麼了？發生了什麼不好的事情嗎？」

溫以凡飛快地看了一眼桑延的表情：「這不是滿正常的嗎？」

鐘思喬：「……」

蘇浩安讓服務生送了酒水上來，順帶還拿了五副骰盅和一副真心話大冒險的牌。他打開一罐啤酒，喝了一口：「我們來玩骰子吧，誰輸了就喝酒，或者懲罰真心話大冒險，如何？」

「好啊。」說著，向朗看向她們，「不過妳們會嗎？」

「當然會。」鐘思喬笑罵，「不要看不起人。」

溫以凡老實道：「我不會。」

蘇浩安：「那就先試著玩幾局，等玩順了再開始有懲罰，可以吧？」

語畢，他注意到位置，立刻同情道：「溫以凡，妳得小心點。桑延這狗很會玩這個，他每次數字都喊得很準，根本沒人敢開他，所以他的下家都會被開得很慘。」

這遊戲的規則是，每個人搖完骰子後，看自己骰盅裡的骰子。按順時針的順序喊數字，骰子個數或者點數選其一往上加，下家必須報得比上家高。

由下家開上家，其他幾家若是覺得對方報的數字實在離譜，也可以選擇跳過，但跳過輸了的話，就有雙倍的懲罰。

場上有五個人，所以蘇浩安規定從七個骰子開始叫。

溫以凡接連玩了幾局才漸漸懂了玩法。但她玩得很爛，正式開始的時候，因為蘇浩安的話，她格外謹慎，每次都在上家桑延說的數量上加個一。

第一輪。

蘇浩安喊到十四個六。

桑延把面前的骰盅打開，朝他抬抬下巴，懶洋洋道：「開。」

「……」

蘇浩安喝了酒。

第二輪。

第三輪。

第四輪。

就這麼過了七八輪。

溫以凡驚奇地發現，自己跟著桑延喊，一輪都沒輸過。反倒是坐在桑延上家的蘇浩安被他開了好幾回，連喝了好幾杯酒。

第九輪，溫以凡被鐘思喬開了。她猶豫了一下，選了大冒險。鐘思喬幫她抽了大冒險卡。

——說出在場每個異性的一個優點。

溫以凡抬眼，先說向朗：「細心。」

再說蘇浩安：「熱情。」

最後說桑延。她盯著他的臉，必須說一個不會讓他自我陶醉的優點，想了半天才擠出一個：

「……有錢。」

桑延盯著她，唇角輕扯了一下，像是嗤笑了聲。

第十輪。向朗輸了，選了個真心話。

——提一件讓你覺得很遺憾的事情。

「那應該是——」向朗沉吟了一下，輕聲嘆息，「出國讀大學了吧。不然原本應該是跟以凡一起報考宜荷大學的，之前都想好要報那裡的臨床醫學了。」

溫以凡正想說點什麼。

在這個時候，桑延已經搖了骰盅，淡淡地說：「繼續吧。」

溫以凡的話卡在喉嚨裡，順勢看過去。他的側臉在暗光下顯得有些冷，頭微垂著，身子也有些向下弓。臉部半明半暗，黑色碎髮散落在額前，看不太清神情。

溫以凡抿了口酒。

第十五輪。數字一直往上喊，輪到蘇浩安的時候，已經到十五個五了。

桑延沒開。

溫以凡有點緊張，畢竟他喊完就輪到自己了。

桑延盯著骰盅，在位子上沉默了一會兒，然後抬眼看向溫以凡。他的眼皮很薄，瞳色深如墨，看不出在想什麼。

「十八個五。」

蘇浩安激動到站起來，用力拍了一下桌子：「開！」

「……」

「你真的離譜！喝酒喝傻了？十八個？傻子都開你！」

加上癩子，場上有十六個五，恰好比桑延喊得少了兩個。

雙倍懲罰。

桑延選了個真心話，外加喝一杯酒。

蘇浩安熱情地幫他抽了張卡。

——最近坐飛機去的城市。

蘇浩安皺起眉頭，氣得想把這張卡撕了：「我靠，你他媽難得輸一回，這什麼爛問題啊！」

桑延自顧自地倒了杯酒，將杯中的酒一飲而盡。他的喉結上下滑動了一下，頓了好幾秒，像是有些失神。然後，無波無瀾地吐了兩個字。

「宜荷。」

第二十章　今晚不回

溫以凡的呼吸稍稍一停，抬眼看向桑延。

「宜荷？」蘇浩安莫名其妙，覺得不太對，「你上回坐飛機難道不是去哪裡出差嗎？我記錯了？不過你沒事去宜荷幹什麼，而且你啥時去的，我怎麼不知道？」

桑延側頭：「你這是要問幾個？」

「噢，我知道了。」也許是酒喝多了，蘇浩安現在的情緒比平時還要高漲，很不爽地說，「你去找段嘉許了是吧？」

桑延沒答。

「我真的服了，」蘇浩安大聲吼，「要不是老子沒考上南大！跟你傳緋聞的還輪得到他！」

桑延不耐道，「你可不可以小聲點？」

鐘思喬的母校也是南蕪大學，現在立刻聽懂蘇浩安的話，猛地笑出聲。她靠到溫以凡身旁，邊笑邊跟她解釋：「蘇浩安說的那個段嘉許，也是我們學校的。」

溫以凡想起王琳琳的話，點了一下頭。

「他們同系，同主修，同班，還同寢。」鐘思喬繼續說，「而且兩人都長得超帥，一開始大家私下都說他們是資訊系的雙系草。」

那頭的蘇浩安還在嚷嚷。

溫以凡安靜靜聽著鐘思喬說八卦，一旁的向朗也湊過來聽。

「忘了啥時，我們學校論壇有人發文，問我們學校有沒有校草啊。」鐘思喬說，「然後這篇文人氣超高，一堆人開始發各系的系草，照片基本上都是偷拍的。」

溫以凡：「然後呢？」

鐘思喬：「然後桑延和段嘉許肯定被提名了啊，他們的照片幾乎占了一半。但是，提名桑延的，傳的照片裡有段嘉許；提名段嘉許的，傳的照片裡也有桑延。」

「……」

「然後大家就驚覺，這麼多人偷拍的照片裡，有百分之八十以上都是這兩個人的合照。給人的感覺就是……」鐘思喬停頓了一下，「他們幾乎每天都黏在一起。」

「……」

「再加上，整個大學四年，都沒見過他們跟哪個女生走得近。」鐘思喬越說越覺得好笑，「所以後來大家提到他們，都說是『資訊系的那對 Gay 校草』。」

鐘思喬在這邊說得愉悅，音量也沒壓低，導致蘇浩安也聽到了，立刻參與進來：「那是他們選擇性眼盲！明明照片裡還有錢飛和陳駿文那兩個傻子，但長得不行就成了空氣！」

「……」

「唉，我現在什麼都沒有了。」蘇浩安忽地冒出一句，「我再也不談戀愛了。」

他看向桑延，苦哈哈地說：「哥兒們，我們是最好的兄弟，我有你就夠了。你也要把我當成你心中的第一名。知道嗎？」

也不知道他們在說什麼。但八卦的對象就在現場，鐘思喬察覺到尷尬，瞄了桑延一眼，很識時務地扯開話題：「都是些玩笑話，也沒什麼好提的。來，我們繼續搖骰子吧。」

溫以凡身子前傾，伸手搖著骰盅。她用餘光看到桑延沒任何動靜，也沒回應蘇浩安的話。他靠在椅背上看手機，忽地站了起來，漫不經心地說：「你們玩吧。」

蘇浩安：「啊？你要幹嘛？」

桑延隨口說：「睏了，回去睡覺。」

蘇浩安：「現在才幾點。」

桑延難得解釋了句：「昨天太晚睡。」

隨後，他俐落乾脆地灌了三杯酒，唇角小幅度地扯了一下，緩慢地說：「今天是我掃興了，你們繼續玩。」

他看向蘇浩安：「你招待吧，帳記在我名下就好。」說完，桑延沒看任何人，彎腰拿起桌上的打火機，抬腳離開。

桑延的情緒看起來很正常，比起他先前的表情和態度，都能稱得上溫柔了。其他人也不覺得有什麼不對勁，但溫以凡的心情莫名有點悶。

又玩了幾輪，沒了桑延的存在，蘇浩安覺得自己待在這三個從小一起長大的人裡有點格格不入。沒多久，他也找了個藉口離開。

只剩下他們三個，氣氛並沒有因為另外兩人的離開而淡下來，溫以凡卻有些心不在焉。

聽著他們聊天，她忽地叫了聲：「喬喬。」

鐘思喬：「嗯？怎啦？」

「妳剛剛說的那個段嘉許，」溫以凡問，「跟桑延關係很好嗎？」

「應該很好，不然也不會這樣傳吧。」鐘思喬說，「但我也不太清楚，畢竟我跟他們不同系，但我有個室友以前在追桑延，所以把段嘉許當成頭號情敵。」

溫以凡問，「段嘉許現在在宜荷？」

「對，他好像是宜荷人，畢業之後就回去工作了。」鐘思喬眨眨眼，「妳怎麼突然對這個人感興趣，妳在宜荷的時候見過嗎？」

聽到這句話，溫以凡鬆了口氣：「不是，我就問問。」

◇

體諒溫以凡明天還要上班，三人也沒待多久，十點過半便離開酒吧。

向朗本是想付錢的，被還沒走的蘇浩安死活攔著，最後還極為熱情地送他們到停車場。

因為要開車，向朗一整晚沒喝酒，溫以凡和鐘思喬坐上了後座。

回程路上，鐘思喬又想起溫以凡和桑延合租的事情：「噯，點點。」

提起這個外號後，她總會時不時叫幾聲：「妳跟桑延合租真的沒事嗎？不行的話妳就住向朗那裡，讓他跟桑延合租。」

向朗：「我沒意見。」

「會有什麼事，」溫以凡好笑道，「我們在家跟陌生人一樣，也不怎麼說話。你們今天看他也知道他不愛搭理人，就單純地合租。」

向朗嗯了聲：「如果要搬，跟我說一聲就行。」

向朗跟鐘思喬住得很近，所以先把溫以凡送回家。

想到桑延離開前說的那句「回去睡覺」，溫以凡進家門時，動作下意識地放輕了些。注意到客廳黑漆漆的，她頓了一下，伸手把燈打開。

客廳看起來不像是有人回來了。

溫以凡換上拖鞋往房間走，路過次臥時，她下意識瞥了一眼。察覺到時間也不早了，她回到房間，飛快地洗了個澡。

出來後，溫以凡拿起手機，恰好看到桑延傳了兩封訊息給她。

桑延：今晚不回。

桑延：直接鎖門吧。

溫以凡愣了一下，回道：好的。

傳完訊息，溫以凡走到玄關把門鎖上。她有些疲倦，頭髮還濕漉漉的，忽然懶得吹乾了。

她坐到沙發上滑了一會兒手機新聞，又百無聊賴地打開電視，想找點東西看。

一打開就是都市頻道，現在正重播著《傳達》的晨間新聞。

恰好是她先前負責的那個強姦未遂案的後續，男攤販的臉被打了馬賽克，看起來仍顯得憨厚善良。

這個片段讓溫以凡想起在市立醫院碰到鄭可佳的事情。她徹底沒了心情，拿起遙控器關掉電視，起身回房間。

溫以凡打開電腦。

在這個時候，鐘思喬傳訊息過來：幫我朋友圈點個讚！

鐘思喬：我明天要去吃烤肉！一百個讚能減一百元呢！

溫以凡立刻回了個好。

順著鐘思喬的頭像點進了她的朋友圈，幫她最新的朋友圈點了個讚。溫以凡又往下滑，忽地瞥見她在跨年那天發的朋友圈——

鐘思喬：今晚去看煙！火！秀！（開心）不過早知道就挑東九廣場了，說不定還能陪我加班的凡凡跨個年（流淚）。

溫以凡彎了一下嘴角，幫這條也點了個讚。

今天很晚醒來，溫以凡以為自己不會太早就想睡。但可能是今晚喝了點酒，看電腦沒多久，她的眼皮就開始下沉。溫以凡很珍惜自己的睏意，也沒寫多久稿了，很快就躺上床。

臨睡前，她想起今晚沒回來的桑延。

但想到蘇浩安今晚說的話，又覺得這情況也滿合理。桑延大概是要安慰蘇浩安，因為蘇浩安大概是知道王琳琳劈腿的事情了。

也許是因為今天提起了不少往事，這一覺，溫以凡夢到高中時的事情。

由於溫以凡的性格溫吞又慢熱，其他人已經混熟的時候，她在班上依然沒有太熟悉的朋友。所以開學後的好一段時間，她都是找鐘思喬和向朗一起吃飯的。

有一次，鐘思喬參加的社團有事情，溫以凡便單獨跟向朗一起吃晚飯。然後，他們在餐廳碰見桑延。

桑延的男生緣非常好。每回溫以凡看到他的時候，他的周圍總跟了一群男生，只有幾個是固定的，其他的每次都不同，看上去熱鬧又混亂。

一行人買好飯，正在找位子坐，突然注意到跟向朗面對面吃晚飯的溫以凡。

桑延挑了一下眉。

有幾個男生開始起鬨，但很快就離開了。

當天晚自習。

兩人之間原本就沒消失的傳言，又因這件事發酵了起來，開始衍生出新的後續。

說是，溫花瓶其實一點都不喜歡桑延這一款，只不過是因為他窮追不捨，便勉強同意了。但見到更優秀的，就見異思遷劈腿了。

溫以凡不用像其他同學一樣晚自習，這段時間她一般都是到舞蹈室練舞，所以這段後續她也絲毫不知情，宿舍也沒人會跟當事人提八卦，只是她遲鈍地察覺到，宿舍的氛圍似乎有點奇怪。

第二天早自習，溫以凡到教室，覺得其他人看她的眼神有些奇怪。她一開始沒有想太多，只覺得是又多了幾個傳言，也不把這件事放在心上。

哪知，下課去上廁所時，偶然聽到同班的同學在議論她。

「沒想到溫花瓶是這種人……」

「還滿噁心的。」

「漂亮了不起啊？」

「人品差，漂亮有什麼用啊。」

溫以凡格外茫然，完全不知道發生了什麼，自己就成了班上其他人口中「噁心」的人。等她們離開，她從隔間出來，慢吞吞地把手洗乾淨，思考著自己最近做了什麼不好的事情。

她什麼都想不到，乾脆當作沒聽見，左耳進右耳出。

回到教室，溫以凡剛坐到位子上。桑延忽地抓著一個男生的領子，扯著他到溫以凡面前：「道歉。」

這件事情來得突然，溫以凡傻了，以為他是叫自己道歉。

看著他殺氣騰騰、隨時要出手打人的模樣，她一點骨氣都沒有，儘管不覺得自己做錯了事，還是非常識時務地說：「對不起。」

桑延額角抽了一下，「不是叫妳道歉。」

被他抓著衣領的男生戴了副眼鏡，看上去很惶恐。

桑延低頭看他：「要我教你？」

「我就是隨便說著玩……」眼鏡男訕訕地笑，「開玩笑的，也不止我一個人說……你可以先放手嗎？」

「開玩笑？」桑延笑了，「你一個男生這麼愛說閒話，不覺得丟臉？」

「……」

「我話就說到這裡，之後誰還敢再傳這種八卦。」桑延抬頭，輕描淡寫地往四周掃了一眼，一字一句地說，「被我聽到，我就一個一個找你們算帳。我這個人呢，對什麼都不感興趣，」桑延很囂張，「唯一的愛好就是記仇。」

話畢，桑延放開抓著他衣領的手。

眼鏡男立刻低頭，跟溫以凡道歉：「對、對不起，是我跟別人說妳劈腿的。但我沒證據，就是瞎掰的，以後不會了。」

什麼劈腿？溫以凡一臉茫然。

道完歉，眼鏡男就打算坐回自己的位子。

桑延抬起腿，踩在旁邊桌子的鐵杆，攔住他，慢吞吞地提醒他：「我不是受害者？」

「……」

「你可不可以考慮一下實際狀況？什麼叫對方見到比我更優秀的把我甩了？」說到這裡，桑延忽地瞥了溫以凡一眼，「要是有這種被我窮追不捨的狀況——」

溫以凡抬頭看他。

桑延的臉半逆著光，表情是一如既往的傲慢。

「對方只能被我迷得神魂顛倒，懂嗎？」

第二十一章　他的一身傲骨

話音剛落，上課鈴聲便響了起來。

這聲音等同於解脫，眼鏡男微不可察地鬆了口氣，又飛速地道歉。桑延也沒再計較，只掃了他一眼，然後便回到座位。

周遭的人漸漸散去。

此時教室裡非常難得地，在老師到來前就保持安靜的狀態。

溫以凡從抽屜裡拿出課本，翻到這節課會講的內容，思緒卻放在剛剛的事情上。聯想到昨天在餐廳遇見桑延一行人的事情，她緩緩地重整一下情形。

所以就是，其他人以為她劈腿了桑延，跟向朗在一起了。

溫以凡筆尖一頓，怪不得有人說她噁心。

她抬頭，看向桑延。

因為長得高，他的座位被安排在第一組最後一排，跟她隔著一大段距離。現在正低著頭，不知道在看什麼書。

坐他隔壁的男生跟他說著話，他眼未抬，臉上的情緒沒什麼變化。

溫以凡收回視線，心想晚點找個機會道個謝好了。

這只是溫以凡的想法。她完全沒想到，她根本找不到機會跟他道謝。

因為桑延的周圍幾乎不存在沒有人的時候，他像是無法獨立行走，就連上個廁所裝個水都是成群結隊的。

不過溫以凡也不急，想著總能找到機會。

這一等，就直接到了下週週五放學。

班上的值日生是按單雙週排的，桑延被排到雙週週五。因為要值日，他比其他同學晚走，平時跟他稱兄道弟的人，也在關鍵時刻選擇拋下他去打球。

桑延站在講臺，拿著濕抹布擦黑板。

溫以凡收拾好東西，揹上書包走到他旁邊叫他。

「桑延。」

桑延側頭瞥了她一眼，繼續擦黑板：「說。」

溫以凡誠懇道：「之前的事情謝謝你了。」

他的動作一停，又看她。

「什麼？」

「班上同學說的那些話，」溫以凡認真解釋，又道了聲謝，「謝謝你幫我說話和澄清。」

桑延噢了聲：「妳這謝道得還真及時。」

溫以凡：「嗯？」

「在我即將忘記這件事情的時候，」桑延懶懶地道，「妳又幫我回憶起來了。」

知道自己拖得確實有點久，溫以凡有點尷尬，卻沒有顯露在臉上：「找不到機會。」

「不用了。」桑延壓根沒把這件事情放在心上，把剩下的最後一塊黑板擦完，「這要是跟我沒關係，我也不會管這種事。」

溫以凡點了一下頭：「還是謝謝了。」

桑延沒再應聲。溫以凡也沒多說，抬腳往外走。走到門口，不知為何，她又回頭看了桑延一眼。他恰好把黑板擦完，現在似乎是想去廁所把抹布洗乾淨。

抬眼的瞬間，與她的目光撞上。

桑延的神色沒太驚訝，眉梢一揚：「怎麼？」

「啊？」

桑延吊兒郎當地道：「還真的被我迷得神魂顛倒了？」

在他之前，溫以凡從沒見過這樣的人。

與生俱來的狂妄自信，骨子裡的每一個角落彷彿刻滿了心高氣傲，卻又不惹人生厭，只會讓人有種他生來就該是這樣的感覺。

像個眾星捧月的存在。所在之處，總有光芒隨同。

◇

從二樓沙發區下來，桑延走進樓下的員工休息室。

他坐到沙發上，翻出手機看了看，沒多久又放下。他的酒量不小，今晚喝得也不算多，但腦袋倒是莫名一陣一陣地痛。

桑延從口袋裡翻出一包菸，抽出一根點燃。他低著眼，自顧自地抽了一會兒菸，看著繚繞的煙霧，神色不明。過了一會兒，蘇浩安也進來了。

「你沒走啊？不是睏了嗎？」蘇浩安詫異道，「還是要等著溫女神一起回去啊？」

桑延把雙腿交疊擱在桌上，沒搭理他。

蘇浩安坐到他旁邊，也從菸盒裡抽了根菸出來，看上去心情不太好：「唉，我本來都快調整好了，結果今天提到這個女的，我整個人又不好了。」

「……」

「老子當了這麼多年的情場浪子，」蘇浩安把菸點燃，但也沒時間去抽，一張嘴不停地在說話，「這還是我第一次被綠，你敢信，我長這樣——」

蘇浩安停了一下，指指自己的臉，強調：「我長這樣！還有錢！」

「……」

「但我被綠了！」

「你這智商，」桑延輕笑了聲，「還情場浪子。」

「滾吧，你還是不是人。」蘇浩安譴責道，「我就沒聽你安慰過我一句！」

「安慰什麼？」桑延似是有些睏了，眼皮半閉，說話也顯得低沉，「大男人說這種話噁不噁心。」

「主要是，這王琳琳一直跟我說，那是她表哥。」蘇浩安瘋狂吐槽，「我還信了，還見過幾次，每次都好聲好氣地叫著表哥。結果我上次去找她，兩人在那裡親得難捨難分。」

「……」

「我隔夜飯都要吐出來了，真是氣死我了！」

「好了，」桑延不耐地道，「反正都分了。」

「那我還不能發洩一下嗎！」蘇浩安也開始不爽了，「你今晚怎麼回事？你兄弟我被綠了！分手了！失戀了！你居然還對我不耐煩！」

桑延聽煩了，忽地直起身把菸捻熄：「我走了。」

蘇浩安一愣，現在再遲鈍，也察覺到他的情緒。

「你這是怎麼了？」

「……」

「你沒開車來，又喝了酒，你怎麼回去？」蘇浩安立刻攔他，「錢飛等一會兒要過來，讓他送你一程，你回去也沒事幹。」

可能是覺得他說的有理，桑延沒起身，又靠回椅背。

蘇浩安盯著他：「你是喝多了？」

「……」

蘇浩安：「還是因為向朗心情不爽？」

桑延依然沉默。

「你有必要？他們都認識多久了，要是能在一起，早就在一起了——」說到這裡，他突然發覺這句話放在桑延身上也合適，立刻改口，「話說，你還喜歡溫以凡？我本來以為你還對她有那個意思，才想幫你找個機會讓你們合租的。但你對人家這種態度，又讓我覺得猜錯了。」

「……」

蘇浩安拍拍他的手臂：「來，跟我談談心。我可以保證，我絕對不會像你那麼嘴賤，人說什麼傷心事就往哪裡補刀。」

「我有病嗎？跟你談心。」桑延笑，「你說你跟喇叭有什麼不一樣？」

蘇浩安噎住，正想跟他爭。

「我就是睏了，」桑延閉上眼，說話痞痞地，「你還真能腦補。」

「滾吧，」蘇浩安起身，「算我浪費感情。」

蘇浩安本來就不是靜得下來的人，坐了幾分鐘又打算出去外面浪。聽了桑延的話，他也覺得自己今晚有點莫名，居然還覺得這什麼都看不入眼的大少爺會被影響心情。

走出休息室之前，蘇浩安抬眼，看著現在躺在沙發上的桑延。倏忽間，覺得他此時的狀態有點熟悉。

讓蘇浩安想起了，他們大考錄取結果出來的那一天。

蘇浩安的成績爛得一塌糊塗，高三時能進理科資優班，還是因為有個在一中當校長的舅舅。當時的制度是大考結束後先估計分數，等志願報完了成績才會出來。

從考場出來的那一刻，蘇浩安就知道自己這次完蛋了。

但因為蘇父先前跟他說過，如果他高考能考上隨便一個有名氣的大學，就買台新電腦給他。蘇浩安對此極為心動，考完當天，因為成績還沒出來，膽子也特別大，他信誓旦旦地跟父親說，自己一定會上前段的學校，甚至連考上南蕪大學都輕而易舉。

蘇父聽信了他的吹牛，第二天買了台新電腦給蘇浩安。

時間就這麼一天天過去，大考第一批次錄取結果出來的時候，蘇浩安一整天都不敢回家，找了個網咖待了一個下午，後來乾脆去桑延家。

當時已經晚上八點了，桑延和桑父桑榮都不在家。

桑延的媽媽黎萍正在教桑稚寫作業，表情溫溫和和的，叫他先去桑延的房間等。蘇浩安來桑延家算是家常便飯了，也不覺得尷尬，直接進了桑延的房間。

蘇浩安打開桑延房間的遊戲機，自顧自地玩起遊戲。一整天都對著這種電子設備，沒玩多久他就覺得睏，躺在桑延床上睡著了。

再有意識時，是聽見一陣關門的聲音。蘇浩安被這動靜聲吵醒，睜眼見到桑延。

少年剛把房門關上，穿了件深黑色的短袖，灰色長褲。

上身看不出來，但桑延褲子的顏色有幾塊明顯深了些，加上他頭髮有些濕潤，蘇浩安立刻問：「外頭下雨了？我來的時候天氣還好好的啊。」

桑延瞥他一眼：「你怎麼來了？」

「錄取結果出來了，」蘇浩安嘆息，「我不敢回去，怕被我爸打斷腿。」

「活該，」桑延嗤了聲，「吹牛的時候怎麼不怕斷腿？」

今晚他是收留自己的恩人，蘇浩安沒跟他計較：「你去哪裡了？我等你打遊戲等了半天。」說著，他看了一眼時間：「我靠，都十一點了。」

「沒去哪裡，現在不是回來了。」桑延也沒去洗澡，坐到遊戲機前的地毯上，往他的方向扔了個遊戲手把，「還打不打？」

蘇浩安立刻起身：「打。」

兩人邊打遊戲邊聊著天。

蘇浩安：「你這麼晚回來，叔叔阿姨沒罵你啊？」

桑延：「可能嗎？」

蘇浩安無言，「所以你這不是自找的嗎？」他又問了一次：「你去哪裡了？你不是都被南大錄取了，多爽啊。要是我有這種成績，我在家能當天王老子了。」

桑延：「你哪來那麼多廢話？」

「唉，」蘇浩安習慣了桑延的態度，繼續說，「我也不知道我能上什麼學校。我剛看到陳淺發了文，她考上A大了，但我沒報A市的學校。」

桑延沒吭聲，蘇浩安繼續碎碎念。

過了不知多久，蘇浩安發現遊戲介面上，桑延所操控的人物忽地定在那裡一動也不動。他打遊戲從沒贏過桑延，只當作是他卡了，趁機瘋狂開大絕。

把他打死之後，蘇浩安才看向他，假惺惺地冒出一句：「你是卡住了還是怎麼，怎麼這麼菜——」

話沒說完，就卡在喉嚨。也不知道為什麼，那一瞬間，蘇浩安有些說不出話來。

桑延正低著頭，沉默地看著手上的遊戲手把，卻又不像是在看這個東西。他似乎放空了，身子微微下彎，看上去又顯得緊繃。

像個靜止的畫面，又像是條緊繃到極限的弓弦。

蘇浩安從國中就認識他。

從認識的第一面起，桑延就一直是一副輕世傲物的模樣。他眼高於頂，過得旁若無人，不在意任何人，也看不上任何東西。

可在那一瞬間，蘇浩安莫名有種錯覺。

他的一身傲骨，好像被人打碎了。

第二十二章　煮多了

接下來的三天，溫以凡照常上班。

桑延似乎有什麼忙碌的事，從聚會結束後，他一直沒回來過。但他非常遵守之前提的規則，每天晚上十點，溫以凡都會準時收到他的訊息。

隨著時間的推移，他說話的字數也漸漸減少。

第一天。

桑延：今晚不回，鎖門。

第二天。

桑延：不回，鎖門。

第三天。

桑延：鎖門。

溫以凡的態度倒是一直保持一致，每次都回覆「好的」。

隔天下午，溫以凡跟付壯外出採訪完，到編輯室剪片子。

前段時間因為學校的事情，付壯請了好幾次假，所以這段時間接連上了一週的班都沒排假。他趴到桌上，唉聲嘆氣：「唉，太難了。」

溫以凡隨口接：「難什麼？」

「昨天老錢又把我臭罵了一頓，」付壯坐直身來，模仿起錢衛華的語氣，「說我剪的是什麼狗都拉不出來的屎！提修改意見給我比他自己重新剪一個還難！」

「嗯？」溫以凡側頭，「那就讓他剪。」

「……」

「這樣他不就能輕鬆點？」

沉默兩秒，付壯繼續老老實實地剪片子：「那我還是自己過得苦一點吧。」

溫以凡沒多說，又看了一次剛寫完的新聞稿，確認無誤後傳給編輯。

等待審稿的時間，付壯又跟她聊起來，扯到之前中南世紀城那場火災的事情：「對了姊，我跟妳說，我們之前採訪妳同學的那段不是剪到新聞裡了嗎？」

「嗯？」

「然後我昨天發現有人剪了個奇葩採訪合集，也把這段放進去了。」付壯覺得很搞笑，笑得渾身發抖，「還滿熱門的，他都排到奇葩十大人物之最了。」

「……」

「還真的應證了我那句又慘又了不起，現在都說他是美踐慘。」付壯說，「因為他雖然半張臉被馬賽克掉了，但顏值看起來依然非常高。」

溫以凡不關注這些，倒是不知道這件事：「影響很大嗎？」

「那倒沒有，畢竟打了馬賽克，就是還滿好玩的。」

「那就好，」恰好稿子過審了，溫以凡又轉發給配音主持，起身說，「你等一下自己下載主持的配音吧，有什麼問題再找我，我得回去寫提綱了。」

「好。」付壯收了心，戲非常多，「孤獨！是強者的必經之路！」

◇

溫以凡今天沒加班，把提綱寫完便回家去了。

拉開門，溫以凡習慣性地伸手去摸開關，突然發現此時燈亮著。她頓了一下，下意識朝沙發看了一眼，看到客廳依然是空蕩蕩的。

玄關處多了幾個鞋盒，此時搭成高高的幾層，整整齊齊的。旁邊的鞋子倒顯得亂，彷彿是進門之後隨意脫掉，也沒放好。

溫以凡往次臥看。不知道桑延此時是在房間裡，亦或者是回來又走了。

溫以凡也不在意，坐在沙發上倒了杯水。她慢吞吞地喝著，往周圍掃了一圈，總覺得房子裡好像有了什麼變化。

東西似乎多了不少。

茶几下方放了幾罐不同牌子的奶粉，旁邊還有水果麥片和可可片。電視櫃門沒關，裡頭有各式各樣的零食滿到塞不下，有些直接放在電視前。

餐桌上放了幾個黑色的箱子，用保鮮膜包著，看起來像是裝著水果。

溫以凡收回視線。暗暗想著，這少爺的生活水準的確很高。

百無聊賴之際，溫以凡想到付壯的話。她翻出手機，下載某個論壇。把水喝完，她起身走進廚房。恰好下載完畢，溫以凡點開，看到近期點擊排名第一的標題裡就有個「美跩慘」，她邊把杯子沖乾淨邊點開。

手機瞬間傳出桑延冷冰冰的聲音。

——『我很快樂，希望你也能像我這麼快樂。』

手機音量開得有點大，在這安靜的空間裡可以說是震耳欲聾了。

溫以凡被嚇了一跳。她立刻把水關上，空出手把聲音調小了些。

與此同時，身後傳來腳步聲。溫以凡回頭望去，就見到桑延也進了廚房。

溫以凡低頭關掉手機螢幕，有點尷尬。也不知道對方有沒有聽到剛剛的聲音。

但桑延壓根像是沒看見她一樣，沒說話，也不看她，只是沉默地打開冰箱。溫以凡也沒主動說話，她把手機放回口袋裡，低頭時忽然注意到之前一直漏水的水龍頭修好了，此時沒再滴水。

見狀，溫以凡才認真地看了一眼廚房。那個總是無法點火的瓦斯爐也換了個新的，旁邊還多了個電磁爐和微波爐，甚至連榨汁機和烤箱都有。她的眉頭一皺，頭皮發麻。

腦子裡頭冒出的想法是，這些平攤下來得多少錢？

溫以凡猶豫：「這些是你買的嗎？」

桑延看起來是剛洗完澡，穿著休閒淺色長褲，上身隨意套了件外套。他沒理她，從冰箱上拿了包泡麵，伸手扯開，看上去像是要自己動手做晚飯。

溫以凡覺得這個畫面有點奇怪，畢竟在她看來，這個人應該是個十指不沾陽春水的嬌貴大公子，沒人幫他做飯應該也只會叫外賣，哪知他還會主動進廚房。

溫以凡繼續說：「如果是的話，你列個清單給我，我把錢轉給你？」

桑延敷衍地嗯了聲，打開水龍頭往鍋裡裝水。

感覺他不想搭理自己的態度很明顯，溫以凡也不知道是什麼情況，嘴唇又動了動，「那我回房間了，你整理好之後傳微信給我就好。」

還是意料之中的沒有回應。

溫以凡一時半刻也分不清這是常態，還是他此時心情不好。她沒再說話，轉頭回去房間。她坐在椅子上，打開手機，看了眼銀行帳戶裡的餘額，忽地嘆了口氣。

看來得找個機會跟他談談，如果之後還要買這些公共用品，得跟對方先商量一下……想到這裡，溫以凡又想起桑延剛剛的態度。

唉，跟他溝通也是一件難事。

過了一會兒，溫以凡莫名又覺得這個狀態好像也滿正常。

畢竟當時桑延都強調了那麼一句：不要跟他套交情。之前兩人間有對話的原因，也只是因為他要為自己的酒吧招攬一點生意。

但最後，他一分錢都沒賺，反倒倒貼了不少錢。溫以凡思考著，他是不是因為這件事情心情不悅。她糾結了一會兒，又打開計算機算算那天的帳，想把鐘思喬和向朗的那份也付了，但這筆數目對她來說不算小，溫以凡只能付自己的那份。

不過都過去好幾天了，突然轉這筆錢給他，好像有點尷尬。溫以凡放下手機，乾脆等他把清單列出來，再一起轉錢給他。

但一整個晚上，桑延那頭都沒有任何動靜。

◇

溫以凡後知後覺地發現，桑延似乎是完完全全把她當成空氣，彷彿察覺不到她的存在。她偶爾不經意地發出什麼大的聲響，他也像聽不見似的，連眼皮都不抬一下。

兩個人像是生活在不同時空的同個地方。

溫以凡不是自討沒趣的人，跟他說了幾句話後，也沒再主動開口，只當作兩人互不干擾的合租生活正式開始了。

除夕前一天晚上，到陽臺收衣服時，溫以凡接到鐘思喬的電話。

『妳明晚要加班嗎？』

「明晚嗎？」溫以凡抱著衣服，把晾衣杆放到一旁，「沒意外的話，應該不加。」

『那妳明天回家嗎？』

「不回去吧。」

鐘思喬邀請她：『那妳要不要來我家？我們一起過年。』
溫以凡很誠實：「我懶得跑那麼遠。」
鐘思喬說，『妳休息那麼多天，也不分一天給我？』
「妳還滿殘忍的——」溫以凡走進客廳，聲音停住。
也不知道桑延是什麼時候從房間出來的，此時正低頭坐在沙發上看手機。他換了身衣服，表情照舊很淡，看起來像是要外出。
溫以凡收回視線，走向房間，邊平靜地繼續跟鐘思喬說話：「等我真的休息很多天，妳再跟我說這樣的話好嗎？」
鐘思喬笑出聲：『那比起平時，妳放得不是很久了嗎？』
溫以凡：「我就只想睡足三天三夜。」
回到房間，鐘思喬突然問：『對了，那桑延過年會回家嗎？』
「當然會。」似乎是覺得她這個問題有些奇怪，溫以凡語氣納悶，「他家就在本地，跟家裡關係又不是不好，過年怎麼會不回去。」
『噢。』鐘思喬說，『也對。』
溫以凡躺到床上。
鐘思喬又道：『妳跟他相處得怎麼樣？』
「也談不上相處，我們就是，」溫以凡斟酌了一下詞彙，「住在同個屋簷下的兩個陌生人，沒有任何交流。我現在看到他，都有種他是幽靈的感覺。」

『哪有那麼誇張！』鐘思喬說，『那天去聚會不是好好的嗎？』

聞言，溫以凡一愣。不知怎的，腦子裡忽然閃過向朗那個真心話的答案。很快，她回過神，笑了笑：「就是跟聚會時的狀態差不多。」

又聊了一會兒，溫以凡聽到玄關處傳來關門的聲音。

掛斷電話後，溫以凡再看微信，發現五分鐘前桑延傳來訊息。

桑延：年初八前都不回來，直接鎖門。

桑延：冰箱裡的東西幫忙解決掉。

桑延：謝了。

溫以凡眨眨眼，照例回了個「好的」。

◇

除夕當晚，溫以凡七點就回到家。

溫以凡把門反鎖，做好一切睡前準備後，拿了個小毯子到客廳。她躺在客廳的沙發上，春節特別節目已經開播一段時間了。

鐘思喬一直催促著她，還在微信上同步傳訊息給她。

溫以凡回：我也打開電視了。

滑滑訊息，溫以凡一一回覆祝福訊息。看到趙媛冬的訊息時，她遲疑了一下，回覆：今晚要加班，新年快樂。

窗戶緊閉，因為沒有空調，仍然有點冷。

除了電視裡傳來的熱鬧笑聲，室內沒有多餘的聲音。溫以凡裹上毯子，盯著電視上的歡聲笑語，完全無法被這些情緒感染。

如果不是放假，她也不記得今天是除夕。

她吐了口氣，心不在焉地看著微博，沒多久就想回房間。

溫以凡其實對節目沒什麼興趣。她一直覺得，這只是一家人在除夕夜聊天玩鬧時，用來充當背景音樂的東西。自己一個人看，好像是一件非常奇怪的事情，但微信那頭的鐘思喬還在興奮地跟她討論節目。

溫以凡不想掃她的興，思考著要不要弄點東西來吃。在這個時候，房子的門鈴聲突兀地響了起來。溫以凡抬眸看向掛鐘，此時已經接近九點了，也不知道會是誰。

溫以凡覺得奇怪，又有些不安。她走到玄關，透過貓眼往外看。

明亮的走廊上，桑延手插在口袋裡站在外頭。

她鬆了口氣，打開門：「你怎麼回來了？」

桑延掃了她一眼，難得地開口：「家裡有親戚來，沒地方睡。」

溫以凡點頭，沒多問，又回到沙發上。

桑延換上拖鞋，坐到另一張沙發上。兩人都安安靜靜地，不發一言。

在這種節日，室內突然多了另一個人的氣息，溫以凡總有些不習慣，不自覺地往他的方向看。

過了一會兒，桑延先有了動靜。他起身，走向廚房。

溫以凡看過去，就見到桑延從冰箱裡拿出一包麵線、一盒丸子以及一盒蔬菜。接著，他還從冷凍庫拿出一包冷凍水餃，看起來是打算弄宵夜吃。

這個畫面感覺很不搭調。

溫以凡不太相信他會煮東西，很怕他會把廚房燒了，暗自希望他不要用瓦斯爐，煮這點東西用電磁爐就足夠了。

沒多久，溫以凡聽到廚房傳來開瓦斯爐的聲音。她開始憂慮，但想到兩人現在的相處狀態，又不好意思貿然跑過去。

她坐立難安了一陣子，廚房裡響起水開了的聲音。

與此同時，桑延忽地叫了她一聲：「溫以凡。」

憑兩人先前的狀態，要這個人叫她的名字，簡直是比登天還難。

這讓溫以凡更加確定是出了什麼事，馬上起身走過去。

「怎麼了？」

剛進廚房，溫以凡就見到桑延手裡還拿著麵線的包裝，但裡頭已經空了。他的動作有點僵，盯著沸空的鍋子，看起來似乎是把整包麵都下了。

場面像是定格了。

幾秒後，桑延抬起頭，面無表情地說：「煮多了。」

桑延低頭，把包裝扔進旁邊的垃圾桶，似是隨口丟出一句：「幫忙吃一點？」

第二十三章　我哥說我迷路了

廚房的結構呈正方形，空間不算小。

L型的暗色流理臺，旁邊缺了一塊的位置放著冰箱，上頭嵌著米白色的櫥櫃。因為添置了不少電器，看起來比先前小了一點。

溫以凡走到他旁邊，看著已經開始在鍋裡翻滾的麵線。她沉默了一會兒，挽起袖子，打開水龍頭洗了個手，然後指了指旁邊的東西。

「那我把這些放回冰箱裡了？」

桑延側頭瞥了眼：「蔬菜留下。」

溫以凡：「好。」

她剛拿起那盒丸子。

桑延忽然冒出一句：「丸子不吃？」

溫以凡的動作停住：「你想吃的話，可以放一點。」

「水餃呢？」

「那放幾個就好。」

「噢。」桑延拿起旁邊的醬油，順帶說，「拿兩個雞蛋給我。」

溫以凡對他在這種狀況下，依然要樣樣俱全的態度有點無言。她不想浪費，實在忍不住：「桑延。」

桑延：「怎麼？」

溫以凡平靜提醒：「你下了一整包麵線。」

到最後，配菜只加了點蔬菜和蕈菇，其餘都被溫以凡放回冰箱。她從碗櫃裡拿了一大一小的碗，把大的遞給他。

桑延接過，把麵裝進碗裡。

溫以凡站在一旁，看著鍋裡滿得快溢出來的麵。總覺得這種情況下，她只吃一點根本沒有任何用處，很擔心桑延會強行叫她一碗接一碗地吃，畢竟他這種個性也確實做得出這種事。

溫以凡忽地說：「我可能幫不了你多少。」

桑延剛好裝完一碗，朝她伸手：「什麼？」

溫以凡順勢把手裡的碗給他，神色委婉：「我沒有特別餓。」

看見她的模樣，桑延一眼看出她在想什麼，面無表情地道，「知道。」

因為還在播特別節目，加上兩人坐在一起也沒什麼話聊，乾脆回到客廳。

剛煮好的麵有點燙，溫以凡直接把碗放到茶几上。

現在電視上正在演小短劇，已經演了一大半。前面的內容溫以凡沒看，所以她也不大清楚是在講什麼，看得有些茫然。

她又看了一會兒，實在看不懂，便低頭舀了口湯。盯著遲疑幾秒，才慢吞吞地喝下。味道倒是意料之外的好，溫以凡鬆了口氣。

抬頭時，恰好碰上桑延不可捉摸的目光。

溫以凡把湯吞下，禮貌性地誇道，「你煮得還滿好吃的。」

「妳這表情，」桑延此時也沒動筷，慢條斯理地道，「我還以為我剛在麵裡下了什麼毒。」

溫以凡說，「只是沒想過你會煮東西。」

桑延輕笑一聲，語氣疑惑又狂妄：「我還有不會的事情？」

溫以凡誠懇道：「不是滿多的嗎？」

桑延揚眉：「比如說？」

「比如，」溫以凡思考了一下，語氣聽不出是嘲諷還是在說冷笑話，「煮一人份的麵線。」

也許是因為過節，也可能是因為桑延煮麵出的小意外，兩人的相處比平時融洽不少。

本來想著今天是除夕，溫以凡還打算下班回來幫自己弄個簡單的年夜飯。但回家之後又懶得動，加上也不覺得餓，乾脆作罷。

溫以凡突然覺得有點不可思議，倒是沒想過她有生之年，還能吃到桑延這大少爺做的「年夜飯」。

溫以凡吃東西的速度不慢，看上去細嚼慢嚥地，但沒一會兒就把碗裡的麵吃完了。恰好一個節目結束了，她起身，打算再去裝一點。

察覺到她的動靜，桑延隨口問道：「妳要幹嘛？」

溫以凡頓住，往廚房的方向指了指：「續麵。」

雖然對方只是因為煮多了，順帶讓她吃一點，但秉著吃人嘴軟的想法，溫以凡主動問：「你要我幫你再裝一點嗎？」

「吃不下就不要吃了，」桑延上下掃視著她，悠悠地說，「吃撐了還得算到我頭上。」

「不是。」溫以凡愣住，直接道，「我只是想吃。」

見他碗裡還有不少，溫以凡也沒再問，自己去了廚房。怕吃多了晚上會消化不良睡不著，她只盛了半碗，但湯倒是盛得很滿。

走回沙發旁坐下，溫以凡看了一眼桑延。

不知從何時開始，他的眉眼稍稍舒展，姿態懶散，心情看上去似乎不錯。

此時視線正放在電視上。

溫以凡眨眨眼，也看向電視。前一個魔術表演已經結束，現在開始的節目是一段歌曲表演，表演者是最近大紅的幾個女演員。

臉上掛著明媚的笑容，歌聲也甜甜的，格外賞心悅目。

喔，溫以凡瞬間懂了。

時間漸晚，溫以凡本沒打算在客廳待這麼久，卻不知不覺就過了十二點。

這期間兩人都坐在沙發的兩端，沒有太多的交流，但也沒人提前回房間。偶爾溫以凡說了幾句節目心得，桑延還會淡淡地嗯一聲。

新的一年到來。

溫以凡才突然意識到兩人一起守歲了。

在這個時候，手機振動幾聲，鐘思喬和向朗準時在群組裡傳了一句新年快樂。

溫以凡的手指動了動，正想回覆，餘光看見此時正低頭看手機的桑延。她忽地起身，聲音溫溫吞吞：「那我去睡覺了。」

桑延緩慢抬眼。

溫以凡很自然地補了句：「新年快樂。」

桑延看向她。

她也沒指望他能禮尚往來，說完就打算回房間。但桑延今晚的態度倒是一改平常，他收回視線，還真的禮尚往來了，只不過語氣還是照常地像是在敷衍。

「嗯，新年快樂。」

回到房間。

溫以凡花了點時間回覆訊息，沒多久就把手機放下，開始醞釀睡意。她把檯燈關上，睜眼盯著漆黑一片的虛空，思緒有點飄忽。

又想到剛剛的事情。

莫名其妙地冒出一個念頭，原來春節特別節目也滿好看的。

收回心思，溫以凡正打算閉眼睡覺，忽地想起剛剛吃了碗麵。她立刻爬起來刷牙，如果不是因為飽腹感，她還覺得這情況有點不真實。

這似乎是兩人重逢之後，第一次單獨吃飯，而且彼此都異常地心平氣和。像是關係和緩，又像只是被節日柔化。

是讓她有點熟悉的感覺，彷彿回到了高二下學期到大考的那段時間。

當時溫以凡剛搬到北榆市，在新的環境下過了幾個月。比起在南蕪一中，她變得更加沉默，過著封閉式的住宿生活，兩週回家一次。

每天除了讀書什麼也不做，連手機都只是偶爾開機看一眼。

也許是因為她傳了成績給桑延的關係。

高二下學期的期末考結束後，沒過幾天，溫以凡又收到桑延的訊息。

桑延：妳現在有空嗎？

看到這句話的時候，溫以凡就有了他可能過來了的預感。

溫以凡：怎麼了？

桑延：第一次來北榆，不認識路。

桑延：沒空也沒關係。

從南蕪到北榆的距離不遠，坐高鐵大概一個半小時。

儘管有這樣的念頭，但得到他這肯定的話後，溫以凡仍然愣了半晌。反應過來之後，她問了他的具體位置，立刻出門。

那時候因為一連下了好幾天的雨，北榆的氣溫降了幾度。

桑延不知道她家，只知道她讀哪所高中，便在她學校門口等了一陣子。他只穿了件短袖，卻像是不怕冷一樣，看見她就挑眉笑。

「來這麼快？」

在那次之前，兩人已經很久沒有說過話了。不光是因為溫以凡轉學到北榆，而是在她轉學的前一段時間，兩人在學校也形同陌路。

所以他的這句話一出，溫以凡嗯了一聲之後，場面又立刻陷入了沉默。

過了片刻，桑延提議道：「去吃個飯？」

溫以凡答應了，帶他到附近的一家麵店。

兩人沉默地吃著。

身邊的人存在感格外強烈。

溫以凡主動打破沉默，輕聲問：「你什麼時候回去？」

桑延抬眼，反問：「妳什麼時候得回家？」

溫以凡隨口說：「六點吧。」

「噢。」桑延的筷子停下，唇角扯起，「那我六點回去。」

那好像是一個開始。

之後，桑延每隔一段時間會來北榆找她一次。次數並不頻繁，每次也只是找她吃頓飯便離開，不會占用太多她的時間。兩人都不太提及自己的事情，似乎都只是藉此見一面。

再無別的目的。

◇

接下來的幾天。桑延照舊早上出門，晚上七八點的時候回來。時間格外穩定，就像是時間到了就被家人趕出來。

溫以凡問他的親戚大概什麼時候走，他直接回了個「不知道」敷衍了事，看起來也沒什麼情緒。她自我代入了一下這件事，確實也覺得他有點慘，大過年的被趕出來住，之後也沒怎麼跟他提起這件事。

年初三中午，溫以凡剛從廁所出來，再看手機時，就看到十分鐘前桑延的訊息。

桑延：我下午回去。

桑延：可能會帶上我妹。

過了幾分鐘。

桑延：可以嗎？

兩人合租之前，溫以凡就說過這項要求，帶人回來之前得跟對方說一聲。

溫以凡回：可以。

回覆完，溫以凡也沒把這件事放在心上。她打開電腦，找了個劇看，不知不覺就到了晚餐時間。她起身走出房間，打算到冰箱拿杯優酪乳喝。

在這個時候，玄關恰好響起開門的聲響。

溫以凡順著望去，就見到桑延拿著鑰匙走進來。他手上提著大包小包，臉上情緒淡淡的，跟後面的人說：「光腳吧，沒有鞋子。」

下一秒，桑稚的身影也出現在溫以凡的視野裡。

她沒立刻脫鞋，也沒回應桑延的話。

因為第一次來，桑稚下意識往四周掃了一圈。注意到溫以凡的存在，她的目光定住，脫口而出：「哥哥，這個姊姊是你女朋友嗎？」

桑延沒出聲。

溫以凡笑了笑，主動回答：「不是，我們合租。」

「喔，長那麼漂亮——」桑稚眨眨眼，小聲嘀咕，「也只能是合租了。」

溫以凡沒打擾他們，打算拿了優酪乳就回房間。

但下一刻，桑稚又出聲，像是反應了過來：「姊姊，妳跟我哥是高中同學嗎？」

溫以凡一愣：「妳還記得我？」

兩人沒見過幾次面，那時候桑稚個子還小小的，年紀看起來並不大，而且都過了好幾年，溫以凡本以為桑稚早把她忘得一乾二淨了，倒是沒想過她還能認出自己。

看著當時的小朋友變成現在瘦瘦高高的漂亮女生，溫以凡覺得很神奇，忍不住多說了幾句：「妳當時迷路了，要我幫妳找哥哥，後來還說要請我吃霜淇淋。妳還記得嗎？」

桑稚想了想，老實道：「沒有。」

溫以凡：「嗯？」

「我當時沒迷路。」桑稚語速慢吞吞地，「但我哥說我迷路了。」

「……」

「那我就只能迷路了。」

「……」

第二十四章　妳為什麼選宜荷大學？

印象裡，應該是高一上學期的某個週末。

溫以凡忘了那天她是為了什麼事情出門了，只記得當時她在買東西，突然就有個小朋友跑到她面前，說要請她吃霜淇淋。

過了一會兒，這小朋友又像是想起了自己的目的，刻意冒出一句：「姊姊，我找不到我哥哥。」

溫以凡一愣：「妳跟妳哥哥走散了嗎？」

桑稚歪頭，勉強地嗯了聲。

溫以凡：「在哪裡走散的？」

聽到這句話，桑稚回頭，指了指後面的那棵樹：「在那裡。」

溫以凡往那邊看了一眼，並沒有看到任何人的身影。她放下手裡的東西，從口袋裡拿出手機：「妳記得妳哥哥的電話嗎？」

桑稚搖搖頭：「不記得。」

「……」

「但是應該就在那邊，」桑稚主動拉住她的手，圓眼眨了眨，「姊姊，妳可以帶我過去找嗎？我一個人有點害怕。」

溫以凡彎唇，溫和地說：「當然可以。」

那天陽光毒辣，拂過臉側的風都是滾燙的。

溫以凡打開遮陽傘，被小小的桑稚拉著往前走。她個子矮小，步伐也小，走路的速度卻很快，一蹦一跳地，看起來情緒很高漲。

桑稚拉著她直奔剛剛指的那棵樹。直到快走到那棵樹附近，溫以凡才漸漸感到有點不對勁。

總覺得這小孩的目的性非常強，似乎非常確定她所說的哥哥就在那裡。

溫以凡正在想自己是不是遇到了什麼以小孩為誘餌的人口販賣集團，下一刻，桑延瘦瘦高高的身影就映入她的眼中。

一瞬間，腦海裡冒出某個猜測，但本該心虛的桑延卻神色坦然。

他站在樹蔭下，偏著頭看她，眉眼帶著少年生來就有的得天獨厚。

「這麼巧啊？」

如同此時此刻，桑延聽到桑稚那句話時的模樣。

桑延似是完全不介意被揭穿，自顧自地提著東西往廚房走。路過溫以凡旁邊時，他輕瞥她一眼，唇角勾了一下，模樣極為囂張。

彷彿就是在說，是又怎樣。

溫以凡也默默走進廚房，畢竟這件事情已經過了七八年。他的個性也向來如此，做過的事情從不遮遮掩掩，明目張膽到能讓對方覺得自己才是做了虧心事的那一個。

她打開冰箱，拿了瓶優酪乳。

餘光瞥見桑延買回來的東西，看這樣子，似乎是要在家裡煮火鍋。

溫以凡收回視線，走出廚房。

注意到桑稚只穿著襪子，溫以凡想了想，走向玄關。她從鞋櫃裡拿出一雙拖鞋，笑著說：「我這裡還有一雙拖鞋，妳不介意的話可以穿。」

桑稚立刻道：「謝謝姊姊。」

「坐吧，想吃什麼都可以拿。」怕自己的存在會讓她不太自在，溫以凡又說，「基本上都是妳哥的東西。」

等溫以凡回去房間，桑稚打開電視櫃，看了一眼裡面的零食。

桑延恰好從廚房裡出來。

「哥哥，」桑稚有點餓了，伸手拿了包洋芋片，「你怎麼跟人合租啊？而且還是跟女生合租。你跟爸媽說了嗎？他們知不知道。」

察覺到她的舉動，桑延把洋芋片搶回去，順帶扔回電視櫃裡。

「守點規矩。」

桑稚莫名其妙：「這不是你買的嗎？」

「知道還碰？」桑延悠悠地道，「我難道是買給妳的？」

桑稚覺得他小氣，但她對這包洋芋片的興趣也不是特別大，乾脆選擇忍氣吞聲，「那你快點，我吃完還要回去寫題目。」

「還要半小時，先去寫，自己把握時間。」桑延朝餐桌抬抬下巴，「就坐那裡吧，不然去我房間裡寫也行。」

桑稚提起書包往餐桌走，又問：「所以你為什麼合租？」

桑延：「我現在做事還得跟妳這個小屁孩報備了？」

「喔。」桑稚看了一眼主臥，明白了，「你喜歡那個姊姊啊？」

「……」

「算了吧哥哥，我也不是不想站在你這邊。」想到溫以凡的長相，桑稚嘆了口氣，「但人總得有點自知之明。」

桑延笑了，「自知之明？」

「是啊。」

「小鬼，妳認清一點。」桑延把上次隨手塞進櫃子裡的火鍋料拿出來，「其他人看上我的時候才要去琢磨這個詞，懂？」

桑稚覺得他實在是不要臉，不想再浪費時間跟他多說。她坐到餐桌旁，從書包裡翻出幾張考卷，專注地開始寫題目。

半小時後，桑延準時把鍋底搬出來，懶洋洋地說：「去廚房把配菜拿出來。」

桑稚喔了聲。

剛才在超市買的肉和菜，該洗該切的，現在都被桑延整理好裝了盤。桑稚一次拿幾盤，來來回回移動了幾次後，自己弄了碗沾醬。

回到餐桌，桑稚剛坐下，忽地想起：「哥哥，不叫那個姊姊一起吃嗎？」

桑延沒說話，從冰箱裡拿了瓶啤酒。

「你真的不打算叫人啊？這大過年的。」桑稚不敢相信，覺得他這個人太沒人情味了，「你們既然是室友，就應該好好相處啊。」

桑延瞥她：「關妳什麼事？」

桑稚很不爽：「那個姊姊還特地拿了拖鞋給我，還叫我想吃什麼自己拿，不是對我滿好的嗎？那你不是也得客套一下，讓她出來一起吃飯？」

「對妳滿好，」桑延笑了，「跟我有什麼關係？」

桑稚：「……」

桑延懶得理她：「要叫自己去叫。」

桑稚盯了他一會兒，也不打算多管閒事了，反正不是她的室友。她重新拿起筷子，往鍋裡放了點蔬菜涮了涮。

沒過多久，桑延忽然說：「妳這個人還滿有良心的。」

桑稚：「？」

但他沒再繼續說話。桑稚立刻就聽出他是在說反話，諷刺她只會說人家對她好，只會讓其他人幫她禮尚往來，除了一張嘴，其餘什麼都不會。

隨後，桑延悠哉地拿起筷子，明顯是什麼都不想管的樣子，看起來格外欠揍。

桑稚忍住，起身往主臥的方向走。

溫以凡把最新一集看完，正打算回床上躺一會兒再去洗澡時，房門恰巧在這個時候被敲響。她起身過去開門。

外頭站著桑稚。

小女生的個頭比她稍矮一些，笑起來唇邊有兩個小梨窩，主動邀請道：「姊姊，妳是不是還沒吃晚餐？我們弄了火鍋，妳要不要一起吃啊？人多也熱鬧點。」

「不用，」溫以凡笑了一下，「你們吃得開心點。」

桑稚以為她是不好意思，直截了當地說：「姊姊，妳可能不太清楚。」

「嗯？」

「我跟我哥兩個人單獨吃飯，是不可能吃得開心的。」

最後溫以凡還是被熱情至極的桑稚拉了出去。

長方形的白色餐桌，溫以凡跟桑稚坐在一邊，桑延獨自一人坐在她們對面。見到她們，桑延只隨意地抬了一下眼，什麼話也沒說。

溫以凡的頭髮長得快，有一段時間沒去修剪，現在已經長到胸前了。她用橡皮筋把頭髮全數紮起，露出光潔的額頭，雖然是素顏，卻仍漂亮得像是帶了妝。狐狸眼璀璨，膚色潔白如瓷，唇色不點而紅。

桑稚忍不住多看了她幾眼。

也不知道桑稚邀請她一起吃飯的行為有沒有經過桑延同意，溫以凡儘量放低自己的存在感，緩慢地吃了幾顆丸子。

倒是桑稚一直在招呼，時不時問她吃不吃這個，又問她吃不吃那個。

過了幾分鐘，桑稚才想起來：「姊姊，妳叫什麼名字啊？」

「溫以凡，」溫以凡補充，「以前的以，平凡的凡。」

「喔，那我叫妳『以凡姊』？」桑稚格外顏控，對溫以凡的印象也很好，所以對她的態度十分熱情，「我叫桑稚，稚氣的稚。妳叫我只只就好了，這是我的小名。」

「好，」溫以凡笑了笑，「妳的小名還滿可愛的。」

聽到這句話，桑延忽地輕笑了一聲。

桑稚立刻看過去，不滿道：「人家誇我小名可愛怎麼了？」

桑延眼角稍揚，仍扯著唇角，沒搭理她。

溫以凡抿抿唇，莫名覺得他這聲笑是在嘲笑她。

因為桑延頭一回知道她的小名時，就笑得像現在一樣惡劣。後來還說了這一句話——

『妳這小名怎麼像個丫鬟一樣？』

溫以凡覺得他有些幼稚，只當沒聽見，接過桑稚的話。

「很可愛。」

桑稚眨眼，在這種差別待遇之下，決定徹徹底底把桑延當成空氣來看待。

兩人又隨意聊了一會兒。

「對了，只只，妳今天怎麼會過來這裡？」溫以凡覺得奇怪，隨口問了句，「這不是大年初三嗎？怎麼不在家裡待著？」

「我爸媽去拜訪親戚了，我不太想去，而且我快大考了。」說到這裡，桑稚的聲音輕了一點，「想多花點時間念書，怕開學考考不好。」

「高三了嗎？」溫以凡說，「有沒有想考的大學？」

桑稚沉默下來。

本來也只是閒聊，溫以凡沒追問。

但沒多久，桑稚夾了塊肉，邊咬邊含糊不清地說：「還沒想好，在糾結南蕪大學還是宜荷大學。」

溫以凡愣了一下：「都考得上嗎？」

桑稚：「沒意外的話。」

溫以凡當初的成績不是很穩定，大考前對能不能考上這兩所學校都很沒把握，現在有種遇到資優生的感覺：「那妳成績很好啊。」

桑稚：「就是怕沒發揮好。」

「不用給自己太大的壓力。」

「好。」

「這兩所學校都滿好的，就看妳比較喜歡哪一所，或者看妳想選的科系在哪個學校排名高一點，看著選就好了。」溫以凡說，「而且宜荷離南蕪有點遠，氣候什麼的跟這邊也不一樣，我當時過了好一段時間才適應，這些妳也要考慮考慮。」

桑稚小雞啄米般地點頭，反應過來：「以凡姊，妳是宜荷大學畢業的嗎？」

溫以凡：「是。」

桑稚：「妳讀什麼系啊？」

溫以凡：「網路與新媒體。」

「啊，」桑稚愣了一下，遲疑道，「我有個同學也想報那個系，所以我聽她說過一點，南大的網媒專業好像比宜大出名。」

溫以凡頓住。

桑稚問：「以凡姊，妳為什麼選宜荷大學？」

沒等溫以凡出聲，桑延忽地把手裡的啤酒擱在桌上。

發出「喀噠」一聲。

順著這動靜，兩人同時看了過去。

「看我幹什麼，」看見她倆的視線，桑延往後一靠，輕描淡寫道，「繼續說。」

桑延眼眸漆黑，笑容也顯得很淺：「我也想聽聽是什麼原因。」

第二十五章　抱住他

場面像是冷了下來。

靜謐的空間，鍋內濃湯向外冒泡，發著咕嚕咕嚕的聲響。眼前煙霧繚繞，像是加了層濾鏡，將桑延的眉眼染得模糊。

「本來不是想選這個系。」溫以凡低下眼，很自然地扯了個理由，「當時落點算得不太對，想選的系沒考上，就念網媒了。」

聞言，桑延也收回視線，平靜地喝了口酒。

桑稚看看桑延，又看回溫以凡，總覺得氣氛有些詭異。

溫以凡倒像是什麼都沒察覺一般，繼續道：「不過現在好像是先出成績才選填志願，你到時候可以參考往年的分數線，填的時候心裡也有個底。」

「好，」桑稚乖乖地說，「謝謝以凡姊。」

話題漸漸被帶到其他方面，先前的那段小插曲似乎就這麼被略過了。

晚飯結束後，桑延作為做飯的那一個，吃完飯就走人，像個大少爺一樣坐在沙發上玩手機。

本來桑稚也習慣性地打算往客廳走，但注意到溫以凡起身開始收拾，她的腳步又停住，走回去幫忙一起收拾。

溫以凡看她，笑道：「妳去念書吧，我來收拾就行了。」

「沒關係，」桑稚彎唇，「也不差這點時間。」

「那妳幫我把那些菜放一起。」

「好。」

過了半分鐘。

「以凡姊，」出於好奇，桑稚壓低聲音跟她竊竊私語，「我可以問妳一個問題嗎？」

「什麼？」

「妳如果不想回答的話，就當作沒聽見我說的話就好。」桑稚問得不太好意思，但又想知道，畢竟這些話也不可能從桑延的口中打聽到，「妳以前跟我哥談過戀愛嗎？」

溫以凡說，「沒有。」

得到否定的答案，桑稚也不驚訝：「因為我爸媽說過我哥高中時有談戀愛，然後剛剛想到我以前在妳面前『迷路』的那件事，所以我還以為是妳。」

「……」

「所以他是沒追到妳，」桑稚思考了一下，猜測，「後來就換了個——」

沒等她說完，桑延忽地站起身：「小鬼。」

桑稚回過頭：「幹嘛？」

「走了，」桑延拿起沙發上的外套，淡淡地說，「送妳回去。」

桑稚還沒八卦完，「我在這裡多待一會兒不行嗎？」

「妳不是趕著回去寫題目？」桑延套上外套，因為喝了酒，他只拿了房子的鑰匙，「敢情是吹牛？」

桑稚只好對溫以凡說，「以凡姊，那下回再聊，我先走了。」

溫以凡抬頭：「好，路上小心點。」

走出社區，桑延攔了輛計程車。

桑稚先上去，綁好安全帶，提了句：「哥哥，我怎麼感覺你對以凡姊的態度不太好。她人不是滿好的嗎？說話也溫溫柔柔的。」

桑稚見過桑延大部分的朋友，但基本上全是男的，幾乎都很愛講話，聚在一起幼稚又吵鬧。對待那些朋友，桑延的態度也稱不上好，說話惡劣又踐上天，讓人恨不得當場跟他打個你死我活。

但他對待溫以凡的方式卻不太一樣，近似冷漠忽視，就連說話也是冷冰冰的。不過桑稚沒見過他身邊出現過其他女生，也不知道這種態度算不算正常。

「這是你現在把妹的手段嗎？」桑稚盯著他的臉，小聲嘀咕，「但你們光看顏值就不是一個世界的人耶。」

桑延瞥了她一眼。

桑稚很真誠地給他建議：「而且哥哥，你這種態度，女孩子是不會喜歡的。」

「……」

「一般都會喜歡溫柔的，」桑稚思考了一下，掰著手指一點一點地說，「脾氣好、細心、不會總是不理人，家庭環境不算好也沒事——」

想到桑延辭職那麼久了都還沒去找工作，桑稚想藉此提醒他一下：「只需要上進努力就好了，不要整天在家當個無業遊民。」

「……」

桑延終於出了聲，不耐煩地說：「妳的理想型是段嘉許？」

桑稚瞬間閉上嘴，一路安靜到社區門外。

桑稚下了車，回頭時見到桑延還在車上。她一愣，狐疑道：「你怎麼還不下來？」

桑延：「妳自己上去。」

桑稚反應過來，不可置信地說：「你今晚還不回來睡？」

桑延：「嗯。」

「你不怕爸媽把你的腿打斷！」桑稚沒想過他膽子這麼大，「那你自己打電話給他們，不然他們回來又會問我。」

桑延嘖了聲，連敷衍都懶得多敷衍幾句：「妳隨便幫我說幾句不行嗎？」

「……」

「走了。」

◇

收拾完餐桌，溫以凡便回到房間。

溫以凡沒立刻去洗澡，坐到書桌前，看了一下手機。發現趙媛冬又傳來幾封訊息。內容跟先前的差不多，都是叫溫以凡春節加班要注意身體，放假了就回去看看她。

她回了個「好」。

傳完，溫以凡又打開新的一集看了起來。不知不覺便開始恍神，想起了桑稚剛剛的話。

——『因為我爸媽說過我哥高中的時候談戀愛了。』

如果沒錯的話，她說的對象應該就是她。

高中時，老師以為他們兩個在談戀愛，當時還找他們過去提了這件事，後來還叫了家長。她記得同樣的事還發生了兩次，分別在高一和高二。

溫以凡的思緒被手機鈴聲打斷。

她接起電話，聽到那頭傳來鐘思喬的聲音：『妳明天是不是要上班了？』

溫以凡嗯了聲。

鐘思喬：『唉，我們這幾天還沒見過面呢。』

溫以凡笑：「也不是沒機會了。」

『我們怎麼就住得這麼遠……』鐘思喬繼續唉聲嘆氣，『我拜訪了幾天的親戚，又累又無聊。不是在問我有沒有對象，就是在問要不要幫我介紹對象，像是約好了一樣。』

「妳跟妳男神怎麼樣了？」

『本來感覺差不多了，但他又一直沒提。』鐘思喬有些苦惱，『他這是在把我當備胎嗎？還是想找個比較有意義的節日再跟我告白？』

「如果真的喜歡，妳主動點也沒什麼關係。不過妳得先看清這個人怎——」還沒說完，溫以凡忽地聽到玄關處傳來門打開又關上的聲音，聲音頓住。

『怎麼了？』

「沒事，聽到客廳有聲音。」溫以凡沒想過他今晚還會回來，隨口道，「應該是桑延回來了。」

鐘思喬詫異：『他年初三就不在家住了嗎？』

沒等她沒回答，鐘思喬又接著說：『不過我現在聽到你們合租，還是覺得有點詭異的感覺。畢竟他以前不是喜歡妳嗎？你們真的沒發生什麼啊？』

溫以凡誠實道：「面都沒見過幾次。」

『好吧。』鐘思喬說，『好像也是，畢竟也過去那麼多年了。』

想到今晚說起大學的事情，溫以凡重新問起之前的問題：「喬喬，向朗他之前本來是打算考宜荷大學的嗎？我怎麼對這個沒什麼印象。」

『有吧，不過就高一開學的時候說過幾次。』鐘思喬反應過來，『妳想說的是我們出去吃飯，他真心話時說的事吧？他當時說的時候我也很想吐槽，不過還是忍著了。』

「……」

『他就是欠揍，那些話是故意說給桑延聽的。他們高三同班的時候就不太對盤。』鐘思喬笑了起來，『我還忘了跟妳說了，把妳送回家之後，這傻小子還不小心說漏嘴了。說覺得桑延現在冷冰冰的，看起來太沒意思了，以前他說這種話能把桑延激得諷刺他幾百回合。』

兩人又聊了一會兒。

把電話掛斷後，溫以凡起身，想去洗個澡時，又拿起手機。她抿抿唇，打開跟桑延的微信視窗，慢吞吞地敲打：之前向朗說的跟我一起上宜荷大學

敲到這裡，她盯著螢幕，動作停了下來。

不知過了多久，溫以凡吐了口氣，把輸入的字全部刪掉。

還是算了，這件事情都過了多久，再提起好像也有些莫名其妙。

而且，她當時就是沒處理好這件事情，現在就算想解釋，也沒任何道理。

◇

短暫的三天假期結束。

溫以凡又開始每日睜眼就準備出門，回到家洗漱完就閉眼睡覺的日子。跟桑延稍微和諧一點的相處，似乎也隨著節日的過去而消失。

之後又恢復了常態。

基本上，兩人每天都會見面，但對話的次數卻少得可憐。不過溫以凡覺得這樣相處也稱不上不愉快，頂多算是這段時間的相處沒有讓他們的關係拉近任何一分，履行了一開始互不干涉的承諾，各過各的生活。

不知不覺間，整個二月就過去了。似乎是在一夜之間，徹骨寒冷被到來的春天趕走，溫度也漸漸上升。

先前春節溫以凡沒去趙媛冬那裡，也許是因為這樣，從那之後，趙媛冬找她的次數明顯多了不少。每天都會找她說話，說到最後都會演變成「妳什麼時候有空來見媽媽一面」。

時間久了，溫以凡覺得這麼拖著也有點麻煩，乾脆見一面應付了事。想說見了面之後，趙媛冬找她的次數應該就不會像現在這麼頻繁。

溫以凡的休息日在植樹節後一天，那天下午，按照趙媛冬給的地址，溫以凡坐地鐵過去。剛到社區門口就見到趙媛冬的身影。

趙媛冬穿了一件長裙，臉上妝容很淡，頭髮及腰，燙成波浪。

時間似乎沒在她的臉上留下任何痕跡，跟幾年前相較，她的模樣並沒有太大的變化，漂亮到不像話，又帶著這個年紀該有的韻味。

溫以凡的長相便是像她。

見到溫以凡，趙媛冬的目光頓住，立刻走了過來。她神色間的激動完全掩蓋不住，但動作卻顯得侷促，只是輕輕拉住她的手臂：「阿降來了啊。」

「嗯。」

「出來怎麼穿這麼少？」

溫以凡提著剛在路上買的水果，笑道：「不冷。」

——沉默。

趙媛冬的視線放在她的臉上。

兩人好些年沒見了，對彼此都覺得生疏。

看著她的臉，趙媛冬的眼眶漸漸發紅，下意識別過頭：「妳看我也是……」

溫以凡不喜歡應付這種事情，輕抿了下唇，「先進去吧，我晚點還有事，吃完晚餐就得走了，沒辦法在妳這裡待太久。」

「好好好，跟媽媽回家。」趙媛冬抹抹眼睛，「媽媽也怕打擾妳工作和休息，妳沒空的話我過去妳那裡坐坐也行。以後妳想吃什麼，就打個電話給媽媽，媽媽過去幫妳做。」

「我跟人合租，怕會影響到室友。」

「那妳有空的話多過來，」趙媛冬上下打量著她，眼裡滿是心疼，「看妳瘦成這樣，一點肉都沒有，是不是都沒好好吃東西？」

溫以凡：「有吃。」

趙媛冬又看了她好幾眼，感嘆道：「我們阿降長大了，比以前漂亮多了。」

溫以凡只是笑笑。

兩人走到趙媛冬所住的那棟大樓。

趙媛冬現在住的房子，跟當初她再婚，溫以凡跟著一起搬過去住的不是同一個地方。她大概是前幾年才搬的家。是個新的高級住宅區，社區綠化和管理都做得很好，空間也大了許多。

印象裡，趙媛冬有跟她提過搬家的事。但溫以凡沒放在心上，所以也不太記得這是什麼時候的事情了。

坐上電梯，趙媛冬在她旁邊說話：「對了，妳還沒見過鑫鑫呢。」說到這裡，她的笑容明顯了些：「都快三歲了。」

趙媛冬口裡的鑫鑫全名叫鄭可鑫，是溫以凡同母異父的弟弟。

「妳鄭叔叔還在上班。」電梯恰好到了，趙媛冬從口袋裡拿出鑰匙，「佳佳也不在家，她上大學隔幾個星期才會回家一趟。而且她之前還特地跟我說了一次，說以前是她年紀小，對妳惡意太重了，但她現在都已經想開了，也覺得對不起妳。」

溫以凡溫吞地嗯了聲。

趙媛冬把門打開，先讓溫以凡進去：「先坐。」

說著，她突然想起一件事：「對了，阿降，妳大伯母也在這裡。前幾天，她聽我說妳來南蕪了，今天也特地從北榆過來，說要見妳一面——」

聽到這句話，溫以凡抬起頭。

同時，她就見趙媛冬口中的大伯母車雁琴從房間裡走了出來。

「喲，霜降來啦。」車雁琴燙著大媽頭，跟趙媛冬年紀差不多，卻像是兩個年齡層的人，聲音也顯得粗，「快來快來，讓伯母看看。」

「……」

「都多少年沒見了，」車雁琴邊走過來邊笑罵，「妳這孩子也真是沒良心，去外面讀大學之後像不知道家在哪裡了一樣，也不知道回來看伯母一眼。」

溫以凡表情僵住，轉頭安靜地看向趙媛冬。

趙媛冬沒注意到，只是問：「鑫鑫呢？」

「在睡覺呢，鬧了一下午，現在也累了。」說完，車雁琴又把話題扯回溫以凡身上，「霜降可真是越長越好看了。」

趙媛冬笑道：「是啊，讓人眼睛都挪不開。」

車雁琴：「可比妳年輕的時候漂亮多了。」

「那是當然，」趙媛冬失笑，然後拉住溫以凡的手，拉著她坐下，「先坐吧，阿降跟媽媽坐一起說說話。」

車雁琴坐在另一張沙發上，隨口問道：「霜降現在在做什麼工作啊？」

溫以凡沒搭腔。

倒是趙媛冬主動幫她回答了：「還跟宜荷的時候一樣，新聞記者。」

車雁琴皺眉：「那不是不怎麼賺錢嗎？又辛苦。」

「阿降喜歡就好，」趙媛冬說，「反正錢夠生活了，也不需要太多。」

「也是。」車雁琴忽地伸手拍拍溫以凡的手臂，狀似要生氣，「霜降，妳怎麼見到伯母也不叫人，怎麼書讀多了，就沒禮貌了？」

溫以凡抬眼看她，依然一句話不說。

「阿降現在的個性比以前沉穩，話也不多了……」見場面冷了下來，趙媛冬笑容帶了些尷尬，「阿降，妳也是，怎麼不叫伯母？她對我們有恩，以前還幫媽媽照顧了妳幾年。」

車雁琴又是一副笑呵呵的模樣：「是啊，我對霜降就像對親女兒一樣。」

溫以凡只覺得她們的聲音像是轟炸機一樣，吵得她的頭都快炸了。

她低著頭，忍著現在就起身走人的衝動。

「媛冬。」瞥見桌上的水果，車雁琴說，「妳看霜降不是買了水果嗎？妳去洗洗，切來吃了，不要浪費她的一番心意。」

趙媛冬才想起這件事：「好，吃個水果我就來準備弄晚飯了。」

等趙媛冬走進廚房，車雁琴盯著溫以凡的臉，嘴裡嘖嘖有聲：「霜降，妳說妳，也不知道用用自己的優勢。妳長得這麼漂亮，隨便找個好老公嫁就好了，哪需要過得這麼辛苦。」

溫以凡只當沒聽見。

「不要嫌伯母煩，伯母也是為了妳好，看妳過得這麼累我也不好受。」車雁琴說，「妳把工作辭了，跟伯母回北榆，伯母也好繼續照顧妳。妳大伯那邊有個合作夥伴，很有錢，就是年紀可能比妳大一點，但對人很好。」車雁琴的話裡似是帶了心疼，「伯母幫妳介紹介紹，妳也不要總是過這樣的日子，也得找人多疼疼妳。」

溫以凡抬起頭。

車雁琴又道：「還有，妳哥哥今年要結婚了，新房還沒著落。我們以前照顧妳這麼久，妳也要幫忙一點，反正妳一個女孩子也不需要什麼——」

她口中的「哥哥」是車雁琴的兒子溫銘。

「我之前認識一個公司老闆，」溫以凡打斷她的話，面無表情道，「也很有錢，還很巧，他喜歡男的。需要我幫忙把溫銘介紹給他嗎？」

車雁琴愣了一下，立刻火大了，「妳這孩子怎麼這樣說話呢！」

聽到這聲響，趙媛冬立刻從廚房出來：「怎麼回事？」

從進來開始，溫以凡身上的包包就沒拿下來過。她現在直接站了起來，覺得自己的忍耐已經到了極限。她整理好衣服：「我不會再來妳這裡了。」

趙媛冬沒聽清楚：「什麼？」

溫以凡的目光與她對上，清晰地重複：「這是我最後一次來妳這裡。」

「……」

「本來任何人我都不想再聯繫。但我爸跟我交代了，他走後，我得好好照顧妳。」這次溫以凡連笑容都露不出來了，慢慢地說，「他這遺言我也無法當作沒聽見。」

「……」

「那妳就當作我跟他一起死了吧。」

◇

溫以凡回到家的時候，天已經徹底黑了下來。

她換上拖鞋，一抬眼就看到桑延一如既往地躺在沙發上玩手機。他穿著休閒服，碎髮散落額前，坐姿很懶，看上去舒適到了極點。

跟年少時坐在她身後，動不動就用腿碰一下她椅子，刷存在感的那個少年重疊在一起。

客廳電視開著，放著某部不知名的電影，此時正發出浮誇的笑聲。

溫以凡有點失神，停在原地，莫名叫了他一聲：「桑延。」

兩人在家幾乎沒有任何交流。

也許是意外，桑延抬眼，放下手機：「怎麼？」

溫以凡回過神，把嘴裡的話吞了回去，笑了笑，「我今天可能要早點休息，你九點可以把電視關小聲點嗎？」

桑延盯著她看了一會兒，這回很好說話：「好。」

溫以凡點頭：「謝謝。」

她回到房間，飛快地洗了個澡。

從廁所出來後，溫以凡就覺得精疲力竭，倦怠到似乎一閉眼就能睡著。可大腦裡卻不受控地有無數畫面飛過，一點一點地撕裂她的精神。最後，又被夢境和睡意一點點地拼湊起來。

見溫以凡回房，桑延直接把電視關掉。總覺得她不太對勁，他繼續玩了一會兒遊戲，但很快就沒了心情，直接退出。

桑延打開跟溫以凡的聊天視窗：妳怎麼回事？

盯著看了一會兒，桑延也沒猶豫多久，很痛快地點了發送。接著，他又漫不經心地打開遊戲，結束了一局，那頭都沒回覆。

這麼快就睡了？

見時間不早了，桑延把手機擱到一旁，起身回去房間。他拿上換洗衣物往浴室走，瞥見主臥的門，他的目光停了一下，又回客廳拿了手機，這才走進浴室。

桑延把手機音量調大，脫衣服開始洗澡。等他洗完澡，再打開手機時，那頭依然沒回覆。

桑延唇角輕扯，把衣服套上便走出浴室。他把手機塞進口袋裡，用毛巾擦著頭髮，往廚房走，打算去拿瓶冰水喝。

他剛走到餐廳，身後突然響起開門的聲音。

桑延回頭，就見到溫以凡走了出來，動作有點緩慢，表情也呆呆的。

他挑了一下眉，把毛巾掛在脖子上：「妳幹嘛？」

溫以凡沒說話，朝他走來，停在他面前。

「我剛洗完澡妳就出來？目的性也不用這麼強，」桑延低頭看她，語氣痞痞地說，「想看美男出——」

話還沒說完，溫以凡突然伸手抱住他。

「……」桑延的身體僵住。

第二十六章　發了瘋地愛慕

剩下的話像是卡住了似的，室內瞬間陷入寂靜。

桑延眨眨眼。從他這個角度，只能看到溫以凡略微淩亂的髮絲，以及低垂著的睫毛。他的喉結上下滑動，啞著嗓子道：「妳在幹什麼？」

溫以凡沒回答。

桑延的頭髮還濕漉漉的。髮梢處的水珠從臉側滑落，順著下顎往下滴，砸下幾顆到她的髮間。他盯著看，然後慢條斯理地抬手，動作很輕地用指尖撥掉。

像是沒察覺到似的，她沒有任何反應。

溫以凡生得不矮，身高大約到他下巴的位置，骨架卻瘦小，身上也沒幾兩肉。此時側臉靠著他的胸膛，雙手抱著他的腰，力道不輕不重，存在感卻強得像是一滴落到身上的滾燙熔岩。

持續了十幾秒的時間。

「能給我一個回答嗎？」桑延又出了聲，不太正經地說，「妳還打算抱多久？」

話音剛落，溫以凡立刻放開手。

她遲鈍地往後退了一步，沒看桑延，嘴裡咕噥了幾個字。字眼像在舌頭裡滾過一圈，聽起來很含糊。

桑延沒聽清楚：「妳說什麼？」

但溫以凡沒再說話，像自己什麼事情都沒做一樣，她轉身，慢吞吞地往主臥的方向走。看起來鎮定又自若，彷彿她半夜突然跑出來抱他，是一件極為正常又理所當然的事情。

沒想過她會給出這樣的反應，桑延眉頭一皺，話中有幾絲不可置信。

「溫以凡？」

與此同時，溫以凡剛好走到次臥門前。她的腳步頓住，像是聽到了他的聲音，可目光卻放在桑延房間的方向，就這麼定格了幾秒。然後她收回視線，繼續往前走。

隨著一陣關門的聲響，兩人被隔絕開來。

桑延還站在原地：「？」

時間像是凝滯了。

幾秒後，毛巾從肩膀滑下，啪嗒一聲掉到地上。桑延收回思緒，彎腰撿了起來。

客廳內白燈大亮，刺目又讓人恍神。周圍悄無聲息，靜到能聽到空氣在緩緩流動，溫以凡那短暫出現的氣息，似乎也就此散去，宛如一場夢境。

◇

隔天醒來，溫以凡的那些壞心情和不適感徹底消失，覺得自己像是充了一整個晚上的電，醒來就恢復如初。她坐起來，在床上坐了一下醒神，胡亂地想著睡覺真是終極武器。

只要睡一覺，所有的壞心情都能消化掉。

溫以凡拿起手機，邊起身邊走進廁所。她習慣性先看了一會兒新聞，之後才打開微信看了一眼。順著往下滑，注意到昨晚九點左右，桑延傳了封訊息給她。

桑延：妳怎麼回事？

溫以凡頓了一下，也不太清楚那時自己睡著了沒有。從廁所裡出來後，她就直接躺上床，開始醞釀睡意了，之後也沒再看手機。

她把牙刷含進嘴裡，空出手回：什麼？

下一刻，桑延回了個問號：？

他動不動就丟問號的毛病到底是哪裡來的？

溫以凡邊刷牙邊思考。昨晚桑延傳訊息的這個時間，她不在客廳，也沒有發出聲音影響他。再加上，她回家的時候，跟他說話的態度也滿正常的。

想了想，溫以凡又回：你傳錯人了嗎？

桑延：？

過了幾秒，他傳了個豎大拇指的表情符號來。

溫以凡一臉莫名，完全搞不懂他的想法。但也能透過他那兩個問號明白，這個大拇指不會是什麼好意思。她吐掉嘴裡的泡沫，此時也不知道該怎麼回了。

總覺得這個人的情緒起起伏伏的，每天都有點奇怪。

溫以凡也沒想太多，乾脆把這個大拇指理解成它最初的含義，只當作一大早桑延就為她捎來鼓勵。

想說這件事總得你來我往一下，她考慮了一下，也回敬他一個大拇指。

此時才八點出頭。

溫以凡拿好外套，掛在手上，踩著拖鞋走出房間。雖然桑延已經醒了，但因為時間尚早，她的動作還是下意識地放輕了些。

本以為桑延還沒走出房間，哪知溫以凡一進廚房，就看到他正靠在流理檯旁喝冰水。

桑延似乎格外偏好深色的衣服，就連在家裡穿的休閒服也不例外。純黑色的T恤，同色的長褲。他的模樣漫不經心，看起來有點睏，像是沒睡好。

此時他低著頭，一手拿著手機把玩著。注意到她的存在，也只是閒閒地看她一眼。

溫以凡從冰箱裡拿出一盒優酪乳以及一包吐司。她關上冰箱門，猶豫片刻，還是提了一下他剛傳的訊息：「你昨晚找我有什麼事情嗎？」

桑延抬眸，直勾勾地盯著她，忽地笑了。

「想當作沒發生過？」

如果溫以凡不是確定自己昨天沒喝酒，她都要以為自己是喝茫了，做出了什麼事情。

電光火石間，溫以凡又想到九點出頭這個時間。

昨晚她一回家，就跟他提起自己今天想早點睡，讓他九點前就把電視關小聲點。但兩人合租前，她提的要求是十點後不能弄出太大的動靜。

提前了一個小時。

溫以凡本來不覺得這是什麼大事，但桑延這個人向來小題大做。可能是他越想，越覺得提前了一個小時的這個事情讓他心情很不痛快。

「昨晚是特殊狀況，」溫以凡解釋道，「抱歉影響到你了，以後不會有這樣的情況了。也謝謝你願意遷就我。」

桑延不冷不熱地收回視線，「好。」

溫以凡鬆了口氣。

「這對我來說，不算什麼小事情。」桑延偏頭，一字一字地說，「希望妳以後做出這種事情之後，能給我一個合理的解釋。」

這回溫以凡是真的覺得他這個人小氣又莫名。這也算大事？不就是請你把電視調小聲點？

溫以凡忍了忍，還是沒吐槽：「好的，我會的。」

◇

溫以凡到電視台時，辦公室裡還空無一人。她先去茶水間泡了杯咖啡，等她回去之後，就見到蘇恬也已經到了，此時像睏極似的，正趴在桌子上補眠。

跟她打了聲招呼，溫以凡問：「妳今天怎麼這麼早？」

「沒回家啊。熬了一整夜，剛從編輯室回來，」蘇恬迷迷糊糊道，「我先睡一會兒。」

「好。」溫以凡說，「那妳多睡一會兒，有事我再叫妳。但趴著睡是不是不太舒服，妳要不要去沙發那邊睡？我這裡有個毯子。」

「不用，」蘇恬說，「我就睡半小時，然後就得起來寫稿了。」

溫以凡沒再多說，依然把毯子給蘇恬。她打開檔案，翻閱著資料，寫了一會兒採訪提綱。

不知過了多久，隔壁的蘇恬突然坐直了起來，一副睡傻了的樣子。她轉頭看向溫以凡，呼吸有點急促：「以凡。」

聞聲，溫以凡轉頭：「怎麼了？」

「我剛做了個惡夢，超級詭異的。」蘇恬的額間還冒了汗，看起來睡得不太好，「夢到我就趴在這裡睡覺，還能聽到妳敲鍵盤的聲音，周圍還有小孩在哭，背上好像也有東西在壓著我。」

溫以凡愣住：「聽起來怎麼這麼嚇人？」

「對啊，我剛剛都快窒息了。」蘇恬嘆了口氣，「我感覺我是有意識的，但就像是被一層保鮮膜裹著，怎麼都動彈不了。」

「那應該是鬼壓床了，妳剛剛趴著睡，血液可能不太流通。」溫以凡安慰道，「妳去沙發那邊睡吧，應該就不會了。」

「算了，我還心有餘悸。」蘇恬說，「第一次做這麼奇怪的夢。」

聽她這麼一說，溫以凡也想起了一件事：「我昨晚也做了一個滿奇怪的夢。」

蘇恬拿起水杯：「什麼？」

「不過算不上是惡夢，」溫以凡認真地說，「我夢到自己一個人進了一片深山老林，在裡面一個人走了半天，一直找不到出口。後來天都黑了，我什麼都看不到，開始覺得很冷。」

「然後呢？」

「我就突然想起，我來的路上好像看到了太陽。」溫以凡說，「然後我就想回去找那個太陽取取暖，又走了一段路，還真的找到了。」

蘇恬指出她的邏輯問題：「天不是都黑了，哪來的太陽？」

溫以凡笑：「所以是夢。」

「這就結束啦？妳沒從深山老林裡出來嗎？」

「出來了，看到太陽的時候就出來了。」溫以凡勉強回憶了一下，但夢境的記憶淡，她也記不太清楚了，覺得這場景似乎有點離譜，「而且，我見到太陽的時候，好像還──」

「什麼？」

「忍不住抱了抱它。」

溫以凡今天來得早，加上台裡最近的事情不多，所以準時下班。

她回到社區，很巧地在電梯裡碰見桑延。他似乎也剛回來，應該是直接從地下停車場坐電梯上來的，正在講電話。

溫以凡朝他點點頭，算是打了個招呼。

桑延只看了她一眼。

過了一陣子，桑延懶洋洋地說了句：「不用懷疑了，就是對你沒意思。」

恰好到十六樓。溫以凡從口袋裡拿出鑰匙，走出電梯。

桑延跟在她身後：「你倒是跟我說說，她對你做了什麼曖昧行為？」

溫以凡打開房門，正準備換上拖鞋。

後頭的桑延又冒出一句：「抱了你一下？」

這句話伴隨著關門的聲音。

同時，桑延拍了一下她的腦袋：「喂。」

溫以凡回頭。

「都是女生，妳來回答回答。」桑延抬抬下巴，意有所指地說，「這個人抱了我朋友一下，第二天當作沒事情發生，這是什麼意思？」

溫以凡還沒反應過來：「啊？」

桑延：「這行為可以報警嗎？」

溫以凡嚇了一跳，遲疑地說，「抱一下……好像也不至於……」

注意到桑延的神情，她又溫吞地補充：「主要看你朋友跟這個女生關係怎麼樣吧，可能她就是心情不好，需要點安慰什麼的。」

桑延沒說話。

他這姿態，莫名讓溫以凡有種自己才是做出這種行為的惡人，說話都艱難了幾分：「這擁抱可能也沒別的含義，就只是朋友間……」被桑延這麼盯著，溫以凡也說不下去了：「但我具體也不知道你朋友跟這個女生現在是什麼情況，我說的話也沒什麼參考價值。」

聞言，桑延面無表情地收回眼，又對著電話裡的人說：「問你啊，跟那個人關係怎麼樣？」

『你有病吧！什麼報警！』那頭的大學室友陳駿文被他忽略半天，現在音量都大了幾分，『關係還能怎樣！我女神！追了好久了！』

「……」

陳駿文：『而且你在說什麼啊！我跟你說得不清楚嗎？我女神是情人節送了我巧克力！不是抱好嗎？』

「噢，他說是個，」桑延放下手機，上下掃視著溫以凡，像是由她身上得出了結論，「發了瘋地愛慕著他的人。」

第二十七章　少自作多情啦

總覺得氣氛有些詭異。

不知道他為什麼要看著自己說這句話，溫以凡收回視線，抬腳往裡面走，邊客套地說：「那你這朋友還滿有人格魅力的。」

說完，她暗自在內心感嘆，果然是桑延的朋友，連說話的方式都如出一轍。

桑延的目光仍放在她身上，意味深長，然後掛斷電話。

溫以凡照例坐到茶几旁邊，自顧自地燒了壺水。

等水開的期間，餘光看見桑延也坐在他慣例的位子上，溫以凡沒事做，想起他剛剛的電話，又百無聊賴地問：「不過，那個女生跟你朋友告白了嗎？」

桑延抬眸：「怎麼？」

「就是聽起來邏輯有點不通。」溫以凡思考了一下，「如果這女生這麼喜歡你朋友，那她抱你朋友的原因其實就很清楚了，你朋友應該也不用特地找你討論這件事。」

「噢，所以是，」桑延悠悠地吐出一個詞，「慾令智昏。」

雖說他說的人不是她，但溫以凡總有種很古怪的感覺。她沉默一會兒，平靜地繼續說：

「但我剛剛聽你跟你朋友說的話，這個女生似乎沒有明確表達出自己的心意。」

桑延靠著椅背，神色居高臨下。

「所以，有沒有可能是你朋友，」溫以凡停了一下，把「自作多情」這麼銳利的詞咽了回去，換了個溫和一點的說法，「理解錯誤？」

恰好水開了。

桑延冷淡地看著溫以凡往杯裡倒了開水，又兌了點冷水。她拿起杯子暖暖手，慢吞吞地喝了一口之後，才注意到他的眼神。

溫以凡一頓：「你要喝水嗎？」

桑延瞥她，語氣聽起來不大痛快：「妳自己喝吧。」

溫以凡點點頭，也不知他這情緒又從何而來。她繼續喝了半杯，又往裡頭倒了點開水，這才起身：「那我先去休息了。」

桑延敷衍地嗯了聲，拿起遙控器打開電視。

溫以凡拿著水杯走回房間。

聽到房門打開又關上的聲音，桑延半躺到沙發上。他的手肘搭在扶手，單手撐著臉，眼皮略微低垂，懶散地轉著台。

換到某個頻道，正在播綜藝節目。

裡頭的男明星說了句：「我有一個朋友——」

被另一個人打斷：「你這個人怎麼還無中生友啊。」

桑延毫無情緒地看著，立刻按下轉台鍵。

這回是一個正在播電影的頻道，看起來是一部搞笑電影。老舊的濾鏡裡，中年男人大聲地說：「少自作多情啦！」

再換。

切到一個最近很紅的偶像劇，螢幕上的女演員紅著眼睛，我見猶憐地掉著淚：「你是不是從沒愛過我？你是不是一直都在耍我……」

桑延冷笑了一聲，直接關掉電視，把遙控器扔到一旁。

他順手拿起手機，看到陳駿文傳了一連串的訊息轟炸他，全是在譴責他直接掛電話這種令人作嘔又沒素質的行為。見桑延一直愛答不理的，陳駿文還把陣地換到宿舍群組裡。

桑延正想回覆，手機瞬間跳到來電顯示的介面，是段嘉許。

桑延按下接聽，起身往廚房走。

「說。」

那頭傳來男人清潤的聲線，說話語氣平緩，聽起來溫柔含笑：『兄弟，在幹嘛呢？』

從冰箱裡拿出一瓶啤酒，桑延單手打開。

「你今天這麼閒？」

『還可以，』段嘉許也不花時間客套了，慢條斯理地道，『你搬家了是吧？等一下把地址傳給我，我晚點寄個東西過去。』

聽到這句話，桑延立刻懂了：「我是快遞嗎？」

段嘉許低笑：『這不是順便嗎？』
「這次又是什麼，」桑延懶懶道，「補三八婦女節的？」
『小孩過什麼婦女節，』段嘉許說，『你妹下週六不是十八歲生日嗎？小女生要成年了，到時候你幫我把禮物拿給她吧。』
「好。」桑延停頓兩秒，挑眉，「她下週六生日嗎？」
『……』
桑延半靠在流理臺上，喝了口酒：「你直接寄到我家不就得了？」
『提前收到，』段嘉許笑，『驚喜感不就沒了。』
「還驚喜感，」桑延輕嗤一聲，「你也是夠土的。」
『小女生不是都喜歡這種東西嗎？』說著，段嘉許突然想起一件事，『對了，兄弟。我怎麼聽蘇浩安說，你前陣子來宜荷了？』
「……」
『因為我們的大學緋聞，他還特地打電話罵了我一頓，』說到這裡，段嘉許停頓幾秒，話裡帶著不正經，『還說，你來宜荷，是來見我的？』
桑延拿著啤酒，往客廳的方向走，順帶道：「掛了。」

◇

南蕪市的天氣總反反覆覆的。

溫以凡以為溫度要開始上升的時候，一夜起來，又突然一連下了好幾天的雨。不是傾盆大雨，而是綿綿密密地，像是細絨持續不斷，讓人有點心煩意亂。

氣溫也因此降了好幾度。

在這種天氣下，錢衛華還收到個熱線爆料。

大概說的情況是，南蕪大學主校區附近有個精神有問題的流浪漢，有時還會莫名打人，已經在這區域遊蕩一段時間了。

打的人也沒有一致性，不過每次都沒有人受嚴重的傷，所以這件事也沒什麼人管。

今天早上，也不知是出於什麼原因，這流浪漢脫光身上的衣服，赤裸著身子在街上呆呆地遊走，後來還想打一個男大學生一耳光。學生躲開之後，流浪漢便收了手，僵著臉繼續到處走。很快，流浪漢就被警察帶到派出所去了。

大致了解狀況後，溫以凡跟台裡申請了採訪車，跟錢衛華到派出所。

兩人先聽警員說了現在的情況。

流浪漢沒造成人員受傷，但這件事把幾個碰巧看到他的國中生嚇到了，老師和家長那邊在安撫情緒。之後警方會把流浪漢送到南蕪救助站，加強附近的巡邏。

錢衛華架著攝影機，溫以凡在旁邊做記錄。

除此之外，溫以凡注意到，此時派出所裡還坐著一個男生。

聽警察說，這個男生叫穆承允，是南蕪大學傳媒系的大四生。今早流浪漢想攻擊的人就是他。

穆承允反應很快，躲開後還把身上脫下來的大衣蓋到他身上，之後便報了警。警方到現場之後，他還很配合地一起過來說當時的情況。

溫以凡看了他一眼。

穆承允長得清雋明朗，現在身上只穿了一件毛衣。五官偏柔，有點男生女相，像個還未長開來的小弟弟，長得卻很高，身材也偏壯，像是把可愛和帥氣中和在一起。

採訪完警員後，錢衛華走到他面前，禮貌地問：「您好，我們是南蕪電視台都市頻道《傳達》的記者，可以採訪您一下嗎？」

溫以凡跟在錢衛華後頭。

穆承允往他們身上看了一眼，視線在溫以凡身上多停了幾秒。他眼眸明亮，露出笑容，看起來格外青澀：「可以的。」語畢，他指指手錶：「不過我一會兒還有點事情，可能沒太多時間了。你們有什麼要問的嗎？」

錢衛華沒有耽誤他太多時間，簡單問了幾個問題就結束。接著，錢衛華把攝影設備收拾好，溫以凡站在一旁等著。

餘光瞥見穆承允的臉，距離一拉近，溫以凡總覺得在哪見過這個人，也因此忍不住多看了幾眼。

也許是察覺到溫以凡的視線，穆承允突然看向她。他抓抓頭，表情沒半點不悅，只是道：

「我臉上沾了東西嗎？」

「不是。」溫以凡神色一愣，老實說，「覺得您有些眼熟。」

話脫口後，才意識到這像在搭訕。

穆承允卻不覺得這句話奇怪，輕輕點了一下頭，突然說：「有紙筆嗎？」

雖不知他要做什麼，但溫以凡還是把口袋裡隨身攜帶的小本子和筆給他。穆承允拿過，直接翻面，在封底寫字。

溫以凡有點傻了，他不會是要給聯繫方式吧？

很快，穆承允把本子遞還給她，表情有點靦腆。

「謝謝喜歡。」

溫以凡接過，本子上是個簽名。敢情他是哪個有知名度的人物嗎？溫以凡盯著看，一時半刻也認不出這鬼畫符是什麼字。

沉默兩秒，溫以凡把本子收回口袋裡，誠懇地說：「謝謝您的簽名。」

穆承允頓了一下，抿唇笑：「不會。」

錢衛華沒太注意到兩人的動靜，拿好設備：「小凡，走了。」

她應了聲。

穆承允還站在原地，看上去沒有要離開的樣子。他拿著個手機，目光還放在溫以凡身上，耳根稍稍發紅。

溫以凡禮貌地跟他道了聲再見。穆承允像是想說什麼，最後卻只笑著跟她擺了擺手。

兩人到南蕪大學校外做了簡單和採訪和拍攝。

沒多久，錢衛華就把溫以凡送回台裡。因為他還得去做一個後續採訪，剩下的新聞稿和後期剪輯都要交給溫以凡獨自一人解決。

溫以凡在編輯室裡待了一下午。

聽錄音檔寫稿，然後把新聞撿好，趕在晚間節目播出前拿去送審。確認片子排上播放列表之後，溫以凡也沒打算再加班，準備收拾東西回家。

剛起身，溫以凡就碰見剛外出採訪回來的蘇恬。

蘇恬跟她打了聲招呼：「要走了嗎？」

溫以凡點頭。

「好，」蘇恬說，「我也要走了，我們一起。」

走出公司，兩人往地鐵站走。

蘇恬突然想起一件事：「對了以凡，妳還要不要找合租室友？我之前聽妳說，好像現在這個室友只租三個月？」

溫以凡：「對。」

「還有多久到期啊？」蘇恬說，「我有個朋友也想找人合租，是一個人很好的女孩子，我覺得妳們可以一起住。」

聞言，溫以凡算算時間：「還剩一個月。」

「一個月應該可以。」蘇恬說，「那妳要不要跟現在的室友先商量好？如果他確定要搬，妳還要找室友的話，我就把我朋友的微信傳給妳？」

溫以凡都忘了這件事，立刻應了聲好。

兩人住的方向不一樣，進了閘門就各自回家。

溫以凡上了地鐵，戴著耳機看了一會兒新聞。臨到站時，她的螢幕介面跳出一封訊息，是桑延傳來的：在哪裡？

她點開，回道：馬上下地鐵了。怎麼了？

這回桑延傳了語音訊息過來：『好，等一下直接來社區外面這個超市。』

桑延：『買點東西。』

語氣依然欠揍：『儘快，我提不動。』

溫以凡：好的。

桑延說的超市，就在尚都花城附近。

下地鐵後，溫以凡走五六分鐘就到超市門口了。她沒看到桑延的人影，也不太清楚是要直接進去，還是在外面等他，乾脆傳訊息：我到超市門口了。

桑延沒立刻回覆。

夜間溫度低，加上還下著雨，溫以凡覺得有點冷。她把手塞回口袋裡，忽地碰到裡頭的小本子。她拿出來看了眼，注意到封底的簽名，頓時想起今天下午發生的事情。

見狀，溫以凡翻出手機，打開網頁輸入「穆承允」三個字。

想查查對方具體是做什麼的，讓這簽名有個去處。不然總是拿著一個有人簽名的本子，好像也滿奇怪的。

溫以凡剛按下搜尋鍵，旁邊的光線順勢暗下來。

還沒看清楚搜尋的內容，溫以凡抬頭，注意到桑延的身影出現在視野裡。此時他稍稍彎腰，湊到她旁邊，氣息鋪天蓋地籠罩住她。

出現得無聲無息。

兩人間的距離在一瞬間拉近，像是再靠近一些，溫以凡就能觸碰到他的臉。她的目光定住，看著他垂下眼，視線放在她的手機螢幕上，側臉曲線硬朗流暢。

畫面變得清晰了起來。

男人眼睫如鴉羽，根根分明。眸色似點漆，眼皮薄到能看到血絲，綴著顆淡淡的妖痣。嘴唇顏色偏淡，扯起恰到好處的弧度。

溫以凡動動嘴巴，還來不及說話。

下一刻，桑延看向她，漫不經心道：「妳喜歡這一款？」

第二十八章　來超市參加考試

溫以凡立刻往後退了一步，把手機放回口袋裡。她沒回答這個問題，低下頭，看見桑延空空如也的手：「你不是要買東西嗎？」

桑延站直起來，淡淡地啊了聲：「走吧。」

溫以凡問，「你還沒買嗎？」

「嗯？」桑延側過頭，語氣沒絲毫不妥，「現在不是準備要去買嗎？」

溫以凡提醒：「你不是說提不動嗎？」

桑延：「是啊。」

溫以凡被他這副理所當然又踐上天的模樣弄得有些無言以對。

好，她就當自己理解有誤，他的意思大概是等一下會提不動，而不是現在就提不動。

兩人走進超市，保持了一段時間的沉默。

不知從哪天起，溫以凡察覺到兩人之間的氛圍變得有點怪異。跟之前的互不搭理，互相當成陌生人有些相似，但又感覺哪裡有些不同。

不過她也說不上來。

溫以凡先站上手扶梯。想到蘇恬的話，她問：「你的房子裝修得怎麼樣了？」

桑延站的位置比她矮了一個臺階，現在看起來只比她高一些。他靠著扶手，單手拿著手機，隨口答：「怎麼？」

溫以凡：「今天我算了一下時間，當初我們說好的期限是三個月。」

聞言，桑延抬眼。

「你是從一月二十號開始入住的，已經過了兩個月。」溫以凡說，「所以我想先跟你溝通一下這件事。」

「溝通什麼？」

溫以凡溫和地說：「你大概什麼時候搬？」

桑延懶得管似的：「到時候再說。」

「我不是催你搬的意思。主要是，我可能得提前找新室友。」溫以凡跟他商量，「就是想確認一下，如果你那邊不打算再續租，就按照我們之前說的那樣，四月二十號前會搬走的話，我這邊就可以開始跟下一任室友交接了。」

電扶梯恰好到二樓，兩人的對話因此而中斷。

溫以凡正想再提一次的時候，就聽到桑延出聲：「好吧。」

她回頭。

桑延閒閒地說：「我問問情況再回答妳。」

這一塊是當初尚都花城開工時，配套建起的一個小型商圈。

社區外頭有一圈商店，再往外，是一個大型的賣場。裡頭總共有三層，一樓是各種大品牌入住的店鋪，往上兩層是超市。二樓是食品區，三樓是生活用品區。

桑延推了輛購物車，兩人直接上去三樓。

溫以凡有好一段時間沒來超市了，在等著當苦力的期間，她看著桑延一樣東西一樣東西地往購物車裡丟，突然想起家裡的生活消耗品似乎是用得差不多了。

桑延買東西格外隨意，缺什麼東西拿了就走，看到熟悉的牌子就往車裡扔，不會花多一分鐘去比對價格和牌子。但溫以凡跟他買東西的風格完全不一樣。

撇開工作之外的時間，她做什麼事情都溫溫吞吞的。

加上溫以凡從大學時期就過得節儉，經濟條件不算好，所以光是比對價格，她都能在原地算個好幾分鐘。

兩人也因此漸漸拉開距離。

路過衛生紙區時，桑延瞥了眼，伸手拿了捲筒和抽取式往車裡扔，然後繼續往前走。走了十幾步，他忽地覺得不太對勁，停下腳步回頭看。

只見溫以凡還在原來的位置。她認真看著價格標籤，又看向包裝上的數量，看起來是在對比兩者之間哪個更物廉價美。

桑延走回去：「妳幹嘛？」

「算一下價格，」溫以凡沒抬頭，心不在焉道，「都是四層的。這個八十塊十卷，一卷一百四十克，這個九十二塊十二卷，一卷一百二十克……哪個比較划算……」

溫以凡看到數字就頭痛：「有點難算。」

桑延明白過來，看著她的模樣，眼裡帶了幾分玩味。

「所以這個一捲八塊，」她自顧自地算著，很快就停住，「九十二除以十二是多少……」

溫以凡正想翻出手機計算機，桑延就給了答案。

「七塊六左右。」

「喔。」溫以凡的手停在十二卷的捲筒式衛生紙上，遲疑道，「那拿這個？」

桑延倒也沒催，低頭看她。聞言，他似乎是覺得好笑，微不可察地彎了一下唇：「拿，不是比較划算嗎？」

溫以凡抬頭：「但這個只有一百二十克。」

桑延：「那拿十卷的。」

溫以凡還沒算出答案，也不確定：「我再算算。」

桑延盯著她看，忽地笑了聲：「溫以凡，妳是來超市參加考試的？」

溫以凡一愣。

「這點數字妳可以在這裡算半年，」桑延翻出手機看了時間，吊兒郎當地道，「快九點了，我怕妳交白卷，這次我幫妳考可以嗎？」

溫以凡還沒說話。

桑延稍揚眉，指節在旁邊的捲筒式衛生紙上輕扣兩下，很貼心地給出答案。

「十卷的划算。」

接下來的時間裡，溫以凡在比對商品價格時，情況還是跟剛才差不多。到後來，她乾脆也不掙扎了，直接全部交給桑延來「代考」。

兩人買完東西，到收銀臺結帳。

工作人員替他們把東西裝進袋子裡。東西不算太多，有兩袋，一袋大的一袋小的。剩餘兩個東西體積太大裝不進袋子，是剛買的捲筒式衛生紙和抽取式衛生紙。

桑延全數提起，順帶指揮她一句：「把車推回去。」

「好。」溫以凡把購物車歸位，拿起裡頭的兩把傘，走回桑延面前。看著他大包小包的樣子，她主動說：「這些我來拿吧。」

「妳撐傘吧。」桑延沒把東西給她，慢吞吞地補充：「幫我撐。」

「……」

「不要讓我被淋到了。」

兩人走出賣場。

外面雨勢比先前大了點，氣溫似乎又隨著夜的加深降了幾度。周圍的人也少，遠處車燈將雨點染了色，像是一條條帶了顏色的光線。

兩人用的都是單人傘，但相較之下，桑延的那把傘稍大一些。

溫以凡把傘打開，抬手舉高，一大半都擋在桑延身上。兩人靠得近，但傘的空間不大，雨點還是順著傘尖往下落，冰水砸到她的肩膀上，順著衣服往裡面滲。

沒多久，桑延忽地出聲：「喂。」

溫以凡看他：「嗯？」

「傘往妳那邊挪。」桑延傲慢地說，「擋到我的視線了。」

「喔。」溫以凡沒挪，只把手舉高了些。

桑延：「快點。」

「好。」她只好往自己這邊挪了一點。

「再挪，」桑延嘖了一聲，「自己多高不知道嗎？」

溫以凡感覺再挪下去，他都相當於沒撐傘了。看著他稍稍被打濕的右肩，她提議道，「那要不然你來撐傘？」

桑延瞥她：「妳說什麼？」

「？」

「妳想什麼事都不做嗎？」

反正回家的路途也不遠，溫以凡沒再糾結這點事。

回到家，溫以凡把傘打開，放到陽臺晾乾。回客廳時，她用餘光看到桑延此刻的模樣。他的大半個肩膀都被打濕，髮尾也染了水，外套上還沾著水珠。

桑延把外套脫掉，掛在餐椅上。

溫以凡提醒他：「你先去洗個澡吧。」

她也沒立刻回房間，仔細地整理著剛買回來的東西。溫以凡沒怎麼淋到雨，看見兩人鮮明的對比，還有點擔心桑延會出聲諷刺——「讓妳撐個傘都撐不好。」

但等了半天，桑延倒是什麼話都沒說，他只嗯了一聲，便拿衣服去浴室洗澡了。

把東西收拾好，溫以凡翻出發票和手機，正準備開始算帳。一打開螢幕，就看到剛剛還未退出的網頁。是她搜索完「穆承允」後，還來不及看的內容。

詞條下有一張照片。少年抿著唇笑，穿著簡單的白T恤，看上去有精神又開朗，介紹的內容也很少。

穆承允，男，演員。

二〇一三年一月，主演電影《夢醒時見鬼》。

看到這個電影名稱時，溫以凡還愣了一下，很快就回想起她似乎看過這部電影。但她沒認真看，現在連劇情和人物都想不起來，只記得裡頭那張時不時出現幾次的慘白鬼臉。

介紹裡也沒具體地說穆承允飾演的是哪個角色。

溫以凡懶得再翻，想到鐘思喬好像看過這部電影，乾脆晚點去問問她認不認識這個明星。要是她喜歡這個人的話，就把這個簽名送給她。

她收回思緒，打開計算機。還沒開始算帳，桑延就已經洗完澡出來了。

桑延沒有用吹風機吹頭髮的習慣，每回都是用毛巾搓幾下就出來，頭髮蓬鬆而濕潤。他穿著深色休閒服，模樣看起來比平時柔和些。不知道他是用什麼沐浴乳，味道很特別，夾雜著淺淺的檀木香。

桑延沒說話，坐到沙發上打開電視。

溫以凡對著發票，低頭開始計算。

過了一陣子，溫以凡聽到桑延傳了語音訊息給某人，語調閒散：「推薦個鬼片，催催眠。」

溫以凡對這種驚悚靈異片很感興趣。她動動嘴巴，本想推薦幾部她的心頭好，但又擔心對方會直接來一句：「看過了。」

對此，溫以凡乾脆保持沉默，打算等著一起看。

溫以凡算了兩遍，確定數字沒錯之後，才用支付寶轉錢給桑延。與此同時，電視也響起了聲音，她立刻來了興致，看向螢幕。

家裡用的是網路電視，除了電視頻道，還可以挑選一些影劇和節目來看。

桑延應該是選好了電影，直接從片頭開始播放。

此時，電視螢幕上，女人似是剛從夢中驚醒，滿臉驚恐，重重地喘著氣。周圍的光線很暗，背景音樂也顯得詭異，幽幽地，一下又一下的咚咚聲，像是鬼到來時的腳步聲。

溫以凡覺得有些熟悉。

繼續看。

女人像是被控制住又像是察覺到了什麼，全身僵住。然後，她生硬地轉頭看向左側，就對上一張慘白、七竅流血的臉。

音樂在此刻加重，伴隨著女人無法控制的尖叫聲。

「啊——！」

桑延那頭突然有了動靜，他的手機掉到地上。溫以凡下意識看過去，就見到桑延背對著她彎腰，撿起手機。她看不見他的表情，收回視線。

下一刻，螢幕出現「夢醒時見鬼」五個字，染著淋漓的鮮血，蜿蜒往下滑落。

喔，溫以凡想起來了。

雖然印象裡，這部鬼片格外無聊，但溫以凡的興致依然半點未減。因為上次沒認真看，現在也能被她當成一部全新的打發時間的電影來看。

客廳內安安靜靜。

溫以凡看電影不怎麼說話，注意力向來格外集中。但不知為何，可能是對這部電影有淺薄的印象，也可能是拍得實在太爛了。伴隨著一聲重音，以及鬼臉的出現，溫以凡忍不住笑了出來。

這場景有點恐怖。

夜晚，封閉的空間，兩人默不作聲地看著鬼片。到最凝重、令人緊張的畫面時，隔壁的人突然笑了起來。

桑延眉心一皺：「妳笑什麼？」

溫以凡看得很認真，幾乎都要忽略他的存在了。她聽到他的聲音還有點傻住，過了好半天，她才說：「滿好笑的啊。」

桑延盯著她看了一會兒，「這是鬼片。」

「但剛剛那裡確實很好笑啊，」溫以凡又看向螢幕，跟他指出，「那個鬼臉上塗的應該是麵粉，而且塗太厚了，出來的時候還往下掉——」

並且，在剛剛的十幾分鐘中，溫以凡還漸漸發現電影裡這個鬼，就是今天見到的穆承允。怪不得她會覺得眼熟，整部電影裡她只記得這張臉。

溫以凡正想繼續看，但注意到桑延的表情，突然察覺到似乎是影響到他看電影的情緒了。

她自我反省了一下，在看鬼片這種嚴肅驚悚的場合笑，好像確實不妥當。擔心自己接下來也會忍不住笑，她沒繼續留下，打算回房間用電腦看。

溫以凡剛起身，桑延立刻問：「妳要幹嘛？」

溫以凡誠實說：「回房間。」

「不就是個鬼片，」桑延停頓幾秒，往後一靠，「怕成這——」

他的話還沒說完，猛然間，穆承允那張流著血淚的臉近距離出現在螢幕前，附帶著熟悉的懾人音樂。

桑延的表情僵住，剩下的話也卡在喉嚨裡，沒繼續說出來。

順著他的視線往螢幕看，溫以凡盯著看了一會兒，又有點想笑。她抿抿唇，又道：「你繼續看吧，我回房間了。」

她剛走兩步，桑延又喊：「喂。」

總覺得他有些奇怪。溫以凡看他，聯想起他先前的反應，反應了過來：「你怕嗎？」

見他不說話，溫以凡也沒再問，抬腳往裡頭走。

桑延再度出聲：「好了，溫以凡。」

她第三次回頭。

見到桑延拍拍旁邊的位子，懶洋洋地偏頭：「坐吧。」

「？」

「我知道妳也怕。」

第二十九章　沒喜歡過嗎？

溫以凡反駁：「我不怕——」

撞上桑延的視線，她又反應到他話裡的那個「也」字，聲音頓住幾秒。她下意識想給他留點面子，強行加了個：「——嗎？」

溫以凡沒想過桑延會怕這個。畢竟桑延總是一副天不怕地不怕的樣子，而且她也記得這並不是桑延第一次在她面前看恐怖片。

印象裡，高一有一節體育課，因為下暴雨無法上課，體育老師便讓體育小老師通知大家直接留在班上自習，或者找個電影看。

當時班上的電腦無法連網路，又只有一個同學的隨身碟裡存了一部恐怖片，所以別無選擇。因為大多數人不想自習，所以在少數人的拒絕之下，最後班上還是果斷選擇了看恐怖片。

那個時候，溫以凡坐在教室第三組後面。桑延坐在第四組末尾，比她後一排，在她的斜後方。

溫以凡看過這部電影，所以她也沒看得很認真，只是邊寫著題目，邊時不時看投影螢幕幾眼。某次抬眼時，恰好對上電影裡的鬼臉。

同時，溫以凡聽到隔壁傳來了驚呼聲。她順著望去，是跟桑延同桌的男生。

那個男生似是被畫面嚇得往後靠，因為動作太大，椅子隨之後傾，像是下一刻就要摔倒。情急之下，他抓住桑延的椅背，想穩住身子。但他長得胖，倒是把桑延拽得一起向後倒，兩人發出極大的聲響。

全班的人都因此看了過來。

桑延睡眼惺忪，似乎被這動靜被吵醒了。他的心情不太好，眉頭皺起，從地上站了起來：「你幹嘛啊？」

男生還在驚恐之中：「媽的，嚇死我了。」

聞言，桑延看向螢幕，恰好看到鬼從電視裡爬出來的那一幕。他的目光定住，表情沒半點變化：「這有比你嚇人？」

所以當時，桑延是因為怕才睡覺的？好像也說得通。

因為桑延那個拍沙發的舉動，溫以凡很自然地坐到他隔壁。

室內除了電影的聲音，再無其他動靜。桑延身上沐浴露的氣息很淡，觀影的過程中，多數時間都是沉默的，存在感卻格外強烈。

溫以凡倒了杯溫開水，繼續看電影，但這回思緒卻無法太集中。

片刻後，溫以凡才察覺到自己坐的不是平時習慣坐的位子，兩人的距離也靠得比往常近。這個距離讓溫以凡莫名想起了今晚在超市外面，桑延突然出現在她旁邊的畫面。

嘩啦一下，周圍的一切似乎都斷了線。雨天彌漫著的水氣味道，在頃刻間，被男人身上帶有的氣息覆蓋。她抬頭望去，在一片霧氣中，對上桑延清晰到能數清睫毛的眉眼——思緒被桑延側身拿水杯的舉動打斷。

距離瞬間再度拉近。

不知為何，溫以凡有點緊張，她突然站起身。桑延抬眼。

沒等他開口問，溫以凡神色平靜地說：「我去拿瓶優酪乳，你要喝嗎？」

「噢，」桑延收回視線，「不喝。」

從冰箱拿了瓶草莓優酪乳，溫以凡回到客廳。桑延正在喝水，目光沒放在電視上，情緒淡淡的模樣。溫以凡腳步停了半拍，轉了個方向，似是習慣性地坐回自己平時坐的位子，沒再坐到他旁邊。

電影結束後，溫以凡隨口扯了幾句觀後感，也沒刻意說要他不要害怕這種有損他自尊心的話。她拿好自己的東西，回去房間。

她從衣櫃裡翻找著睡衣，不知不覺就開始神遊，又想起今晚看的電影及剛剛看到的穆承允。溫以凡的動作停頓，這時候才注意到了這點。

覺得有點巧。難道說桑延今晚是因為看到她搜尋的內容，所以才找了這部電影來看？

下一瞬間，溫以凡也回想起桑延洗完澡時傳的語音訊息。

——『推薦個鬼片，催催眠。』

溫以凡恍然，沒再胡思亂想。

◇

隔天一早。溫以凡換好衣服來到客廳，打算弄個早餐吃。她拿出茶几下的奶粉，瞥見隔壁空蕩蕩的沙發，總有種不太習慣的感覺。

按照兩人這段時間的合租生活，溫以凡大致觀察到桑延的作息不太穩定。他入睡時間時早時晚，有時候下午也在睡覺。但不管多晚睡，他早上都會早起。

每天溫以凡走出房間，都能看到他躺在沙發上，垂著眼皮玩手機，睏倦又百無聊賴地。

上次可能是沒跟王琳琳住太久，溫以凡也沒有太大的感受，但現在，溫以凡想到再過一個多月桑延就要搬走了，再想到她又要開始跟新室友磨合相處，心情後知後覺地有點異常。

說不上不開心，但也不知道如何形容。

溫以凡眨眨眼，不過應該也正常吧，畢竟也朝夕相處兩個月了。

有第一次的話，再跟接下來的室友分別時，應該也就有經驗，也能很快就適應了。

走到廚房，溫以凡用烤箱烤了幾片吐司。回到餐桌旁，就見到桑延恰好從廁所裡出來，看起來似乎是剛洗漱完，臉上還沾著水。

路過餐桌時，桑延掃了一圈她的早餐，溫以凡的動作停住，客套道：「你要吃嗎？」

「啊。」桑延停下腳步，很不客氣地拉開椅子坐下，「那謝了。」

瞥見她面前的牛奶，桑延輕敲桌面，像在餐廳裡點餐一樣：「牛奶也要一杯，謝謝。」

反正也不是什麼大事，溫以凡忍了忍，回到茶几旁，用剩下的開水幫他泡了杯牛奶。她正想拿起杯子，同時桑延也起身走到茶几旁，拿了袋水果麥片。他邊扯開包裝，邊自顧自拿起牛奶，回到餐桌旁。

溫以凡愣了一下，跟在他後面。

兩人的位子並排靠著，杯子也放得很近。

溫以凡坐下，注意到旁邊的桑延還站著，用包裝裡的湯匙往她的杯子裡倒了點麥片。她抬頭，提醒道：「你倒錯了。」

桑延嗯了聲，像是才反應過來，這才開始往自己杯子裡倒麥片。

感覺他像剛醒來，腦子還不太清醒，溫以凡沒太在意。她用湯匙攪拌牛奶，舀了口麥片進嘴裡，想了想，又問起來：「你問了裝修情況了嗎？」

「沒接電話。」桑延漫不經意道，「我過兩天直接去看看吧。」

溫以凡只是隨口提一下，也不太著急。

「好。」

◇

週二早上。

溫以凡出門去上班，在等地鐵的期間，她隨意掃了一眼手機，恰好看到趙媛冬又傳訊息來。

從趙媛冬家回來的那天起，她就一直鍥而不捨地找溫以凡說了很多話。可能是不敢，趙媛冬一直沒打電話給她，只是用文字來替自己解釋。

溫以凡沒回覆過，但看多了總覺得會影響心情，乾脆設置為「靜音」。

恰好地鐵到站了，溫以凡收起手機，剛上車，手機鈴聲又響起，來電顯示是南蕪。她直接接起，禮貌性地打了聲招呼：「您好，請問您是？」

『霜降，是伯母啊。』那頭立刻傳來車雁琴的聲音，帶著討好般的笑意，『妳這孩子也真是的，要不是那天見到妳，伯母還不知道妳心裡這麼怪我。我們好好說說，畢竟伯母也養了妳那麼多年，而且那都是妳的誤會——』

溫以凡沒聽完，直接掛斷電話，把這支手機號碼封鎖了。

從溫以凡到宜荷讀大學，再回到南蕪工作的這幾年，她中途換了好幾次號碼。也因此，車雁琴那邊早就已經沒有能聯繫到她的方式了，所以這支手機號碼一定是趙媛冬給車雁琴的。

溫以凡不知道車雁琴還要在南蕪待多久才回北榆，覺得有些煩躁。她抿抿唇，很快就調整好心情，沒把這件事情放在心上。

畢竟南蕪大，巧遇的可能性不大，再加上溫以凡回到南蕪後，從沒跟趙媛冬提過她的近況，也沒提過她的住址和公司，被她們找上的可能性也不大。

溫以凡只當作這是一段無足輕重的小插曲。

回到公司，溫以凡剛坐到位子上，付壯就來她旁邊嘰哩呱啦地跟她說話：「以凡姊，張老師離職了。」

「張老師？」溫以凡隨意說了句，「怎麼最近這麼多人辭職？」

一個拿著保溫杯的老記者恰好路過，聽到溫以凡的話時，他停下來糾正了溫以凡的話：「是一直都很多人辭職。」然後又很佛系地飄走。

「是啊，我們都走多少人了。年前琳姊不是也辭職了嗎？然後前段時間陳哥也跳槽了，最近組裡太缺人手了。」付壯繼續說，「我剛剛偷偷聽主任說，好像又要招人了。」

溫以凡：「那很好啊。」

「好像社招和校招都有。」付壯嬉皮笑臉地說，「我有個同學聽說我在南蕪廣電實習，前幾天還來問我台裡還缺不缺人。」

溫以凡：「那你可以給他答覆了。」

付壯：「我已經跟他說了，他到時候應該會來面試。」

兩人又說了幾句，也沒再多聊，各自打開電腦開始工作。

忙碌了一天後，晚上十點，溫以凡回到家。

裡頭黑漆漆的，靜謐得過分。溫以凡伸手打開燈，恰好手機響了一聲，她打開一看。是桑延的訊息，只有三個字：晚點回。

溫以凡回道：好的。

因為酒吧有點事，桑延直到淩晨兩點才回到家。他放輕動作，把門關上。從玄關望去，室內只有走廊上的燈開著，客廳的燈沒亮。

桑延沒開燈，到廚房拿了瓶冰水，又回到客廳。他轉開瓶蓋，同時聽到主臥那邊傳來開門的聲音。

桑延的眉眼動了動，沒多久就看到穿著睡衣的溫以凡出現在視野裡。她一聲不吭，面無表情地走到沙發旁，安靜地坐下。

桑延覺得這畫面有點詭異，打量著她，「妳幹什麼？」

溫以凡沒說話。

桑延又問了句：「睡不著？」

她喉嚨裡似是含糊地嗯了聲。

「去開個燈吧。」桑延窩在沙發裡，總覺得她看起來不太對勁，「妳也不必特地出來迎接我，大半夜的，還滿嚇人——」

沒等他說完，溫以凡就已經站起身。以為她是乖乖去開燈了，桑延把話收回，邊喝著水邊看著她的舉動。哪知道溫以凡似乎只把他的話當成空氣，轉頭往房間的方向走，像丟了魂似的。

又過了十幾秒後，走廊傳來一陣關門聲。

桑延：？

因為第二天是休息日，溫以凡醒了之後也沒立刻起床，在床上賴了幾個小時。見時間差不多了，溫以凡起身換衣服洗漱，準備出門去跟鐘思喬會合。

前段時間，鐘思喬就跟她約好了，等溫以凡的這次休假，兩人一起出去逛個街。她走到玄關，套上鞋子正準備出門。

在這個時候，桑延恰好從廚房裡出來，與她的視線撞上。他面無表情地站在原地，眼神意味深長，像是在等她主動說點什麼。

溫以凡拿好鑰匙，問了句：「你昨天什麼時候回來的？」

桑延皺眉：「妳不知道？」

「不知道，」覺得他反應有點奇怪，溫以凡解釋，「我昨天很早睡，所以沒聽到你是什麼時候回來的。」

見到他不說話，溫以凡打開門：「那我出門了？」

桑延沉默下來，像是在思考什麼事情，過了幾秒又抬頭看向她，只敷衍地嗯了一聲。

◇

溫以凡和鐘思喬在地鐵站碰面。

兩人都沒吃午飯，先在附近隨便找了家麵店吃午飯。等麵上時，溫以凡從包包裡翻出那個簽名，問道：「妳認識這個演員嗎？」

鐘思喬接過，盯著研究了很久：「這什麼字？」

溫以凡說，「穆承允。」

「不認識。」

「這是我之前去採訪的時候遇到的，他以為我是他的粉絲，就幫我簽了個名。」溫以凡跟她解釋，「我後來查了查，好像是《夢醒時見鬼》裡的那個男鬼。」

「《夢醒時見鬼》的男鬼？」鐘思喬笑出聲，「那應該是個三十八線演員吧。」

「別人特地簽的，扔了也不好。」溫以凡嘆息道，「好吧，那我換個本子用。」

兩人有一搭沒一搭地聊起天。

「對了，」鐘思喬突然想起了一件事情，「前幾天，我侄子發高燒，我就跟我嫂子帶他一起去醫院，然後妳知道我遇到誰了嗎？」

「遇到誰了？」

「我看到崔靜語了，我們還聊了一會兒。她現在已經結婚了，都生兩個了。」鐘思喬覺得時間過得快，感嘆道，「我對她唯一的印象就是，她高中的時候超喜歡桑延，追得也很高調。」溫以凡對這個人也有點印象。

「噯，提到這個，我還滿好奇一件事，」鐘思喬說，「一直也沒問過妳。」

「什麼？」

「妳以前真的沒喜歡過桑延嗎？」

溫以凡愣住，「為什麼問這個？」

「因為他帥啊，而且是真的很耀眼。」鐘思喬托著腮幫子，「而且我雖然沒怎麼跟他說過話，但我也知道他很喜歡妳，好像還對妳很好。」

這句話以及剛剛鐘思喬提及那個名字，讓溫以凡恍惚了一瞬間。

思緒被拉進從前的某個場景。

因為桑延先前跟眼鏡男說的那番話，之後班上不再有人談論他們兩個的八卦，也不再有各種荒唐的謠言傳出來。

時間久了，其他人也發現溫以凡這個人很好相處，只是個性慢熱了點。因為長得好看又脾氣好，漸漸地，很多人會主動找她說話，她也開始有了不少熟悉的同學。

但忘了從什麼時候開始，桑延對待溫以凡的態度有了很明顯的轉變。他做什麼事情都明目張膽地，覺得理所應當，也不屑隱藏半分，任何事情都是攤開來，放在檯面之上，所以也因此，很多同學私下會來問她是不是真的跟桑延談戀愛了。

當時溫以凡自己也不太清楚是怎麼回事。

她覺得按照桑延的性格，不可能會有這種想法，也不可能會拉下臉去解釋這些。聽到這些問題時，她都只是笑著否認。

所幸這件事只會偶爾在班裡起鬨一下。

後來不知怎的，這件事情就傳到跟鐘思喬同班的崔靜語耳中。溫以凡班上很多人都知道這個女生，因為崔靜語經常來找桑延，不是送東西就是找他閒聊，表現出的喜歡格外熱烈。被桑延拒絕之後，也毫不放棄。

知道這件事情之後，崔靜語直接找上門來了。

當時做完廣播體操，所有同學陸陸續續回到班上。溫以凡走在後面，走到教室門口時，就見到桑延被崔靜語堵在門口。

崔靜語長得漂亮，膽子也大，帶著這個年紀的女生該有的明媚：「桑延，我聽別人說，你在追你們班的舞蹈生？」

桑延手裡拿著一瓶可樂，因為被擋了去路，神色有點不耐：「關妳什麼事？」

「我就好奇問問，大家都說你喜歡她。」崔靜語笑了起來，恰好注意到到後頭的溫以凡，「不過我只是聽人說的，你不用不開心。」

聞言，桑延看向崔靜語，又順著她的目光，側頭看向溫以凡。

看到她，桑延唇角鬆了一下，隨之彎起。

陽光從外頭撒了進來，在他身上染上淺淺的金色，像是帶了萬丈光芒。那一瞬間，溫以凡才發現，他笑得明顯時，右唇邊會有個淺淺的梨窩。

「這種話好像也傳過很多次了，他們也太無聊了。」崔靜語又說，「我知道一定都是亂說的，就是隨便跟你說一下。」

桑延眉梢一揚，看著她，說話仍帶著那副欠揍的腔調。

「我有說不是嗎？」

第三十章　被人熱烈愛著

以前的很多事情，溫以凡其實都記不太清楚了。溫以凡很少會刻意去回憶。但只要一回想起來，關於桑延的那些記憶，每個場景，每個細枝末節，她似乎都能記得一清二楚。

也記得，那一瞬間，她清晰地感覺到自己的心臟停了半拍。

眼前的鐘思喬還在說話：「我當時跟崔靜語同一班，天天聽她在說桑延，所以我們班原本不知道桑延的人，因為她，全都知道了。」

溫以凡安靜聽著，唇角彎著淺淺的弧度。

「噯，我剛剛的問題妳怎麼不回答！反正都過了這麼久，隨便聊聊嘛。」鐘思喬扯回原來的話題，半開玩笑，「我也不說喜歡吧，動心有嗎？就是有好感。」

「……」

「不說的話，那我當妳默認了啊。」

這回溫以凡總算出了聲，認真道：「可以。」

「妳這個意思是，我可以當成妳是在默認？」聽到這個回答，鐘思喬愣住，「真的假的？」

溫以凡失笑：「妳怎麼這個反應？」
「妳之前真的喜歡桑延？」
「嗯。」
鐘思喬是真的嚇到了，在她的印象裡，溫以凡對什麼一直都淡淡的，像是不在乎任何東西：「那妳現在還喜歡嗎？」
溫以凡彎起唇角：「妳也說了，都過多久了。」
「你們不是一起合租嗎！」鐘思喬的情緒激動起來，「天天朝夕相處的！還都曾經對對方有那個意思！萬一舊情復燃了呢！」
溫以凡輕聲說，「不會的。」
「嗯？」
「他很快就要搬家了。」
鐘思喬隨口扯了句：「所以妳的意思他再住久一點，妳就要把持不住了？」鐘思喬作為一個局外人都覺得有些遺憾：「那妳那時候為什麼沒跟他在一起？」
溫以凡沒回答。
「因為妳轉學搬走了？」鐘思喬猜測，「所以妳們就沒聯繫了？」
「不是。」
「那是為什麼？」
沉默下來。

恰好兩人點的麵上來了，溫以凡遞了雙筷子給她。她垂下眼眸，沒回答剛剛的問題，忽地說：「我不知道其他人會不會像我這樣。」

「嗯？」

「我之前被我大學室友說過，覺得我這個人情感太淡薄了。」溫以凡說，「本來我們關係滿好的，但我很少會主動聯繫她們，像是畢業之後就直接斷了來往。因為這件事，她們覺得很難過，覺得我對她們一點感情都沒有。」

溫以凡眨眨眼：「其實我也承認這一點。」

鐘思喬嘴唇動了動，卻沒說出話來。

「也不是說不在乎，只是我很懶得去維繫這些關係。」溫以凡咬了口麵，輕聲道，「向朗那邊，他出國之後我們很少聯繫，我也沒有因此覺得特別難過。」

「……」

「我覺得這都是，」溫以凡說，「很自然的事情。」

「對的。」鐘思喬說，「妳不用管別人說什麼。」

「我知道這是我的問題，說白了就是我還滿沒人情味的？」溫以凡笑笑，提回最初的話題，「我那個時候，對桑延的感受就是，我覺得他那樣的人——」

她停了幾秒，覺得這句話有點做作，但還是認真地說了出來。

「是應該要被人熱烈愛著的。」

沒有特別的例子，但至少要像是年少時的崔靜語那樣，喜歡不隱瞞，滿心歡喜都只為了他，跟他說話時連眼睛都是亮的，生動又明媚到了極致。

「所以不會是，」溫以凡沉默了一下，「像我這樣的人。」

「妳幹嘛這麼貶低自己？妳長得多漂亮啊，脾氣又好。」鐘思喬皺眉，很不贊同她這樣的想法，「人家可能就喜歡妳這種個性的。」

溫以凡又安靜了一會兒，突然說：「我前陣子又見到我大伯母了。」

鐘思喬啊了聲：「什麼時候？」

溫以凡：「就前兩週吧。」

因為溫以凡不太會主動提起自己不開心的事情，鐘思喬不知道她在她大伯家過得怎麼樣，只知道似乎是不太開心的，所以現在鐘思喬也不知道該說什麼。

「我以前，剛搬到我大伯那裡的時候。」溫以凡動動筷子，沒立刻吃，「有一天晚上，不小心聽到我大伯母說了一句話。」

「什麼？」

「當時我堂哥在上大學，隔一段時間才回來一趟，所以我大伯母每次都會燉湯給他喝，讓他補身子。」說到這裡，溫以凡笑了一下，「然後有一次，我聽到我堂哥說了句『我不想喝，給阿降喝吧』，我大伯母就說，『霜降不用喝那麼好的』。」

鐘思喬一頓，立刻火了：「妳大伯母有病啊？」

溫以凡的語氣很平：「我當時只覺得這句話滿搞笑的，沒太放在心上。」

溫以凡從小就不愛跟人爭辯。聽到這句話時，是真的覺得莫名又好笑。因為在此之前，她在家裡過的是眾星捧月般的生活，被家人百般寵愛，在吃喝穿戴上也沒受過一點委屈，從沒聽過這樣的話。

「但很奇怪，漸漸地，我就開始聽進了那句話。因為當時的我，是個……」溫以凡思考了一下措辭，最後還是按照自己的想法說了出來，「所有人都在推託的包袱，確實也沒必要給我太好的東西。」

「點點，」鐘思喬嘆了口氣，伸手摸摸她的腦袋，「妳不要在意那些話。」

「其實到現在再想，我也依然不覺得那句話是對的。」溫以凡說，「可是我看到那些幾百塊的裙子、幾十塊的小蛋糕，猶豫了很久都不會買給自己。」

這個觀念似乎隨著時間，從微弱的嫩芽，變成根深蒂固的大樹。一點一點地，無孔不入地灌輸她一個觀念——她不配用太好的東西——當然，也沒資格擁有最好的東西，包括那個耀眼的少年。

「也不是說買不起，」溫以凡笑了笑，「就是總會覺得，這麼貴的東西、這麼貴的裙子、這麼貴的化妝品……用在我身上，好像是有點浪費。」

鐘思喬沉默地看著她，突然覺得很難過。跟從前相比，溫以凡似乎是沒有太大的變化，但實際上，骨子裡卻有了很大的區別。

「不要聽妳大伯母的話，腦子有洞，我真是傻眼了。」鐘思喬越罵越氣，乾脆扯開話題，「我們聊回男人。」

「……」

「桑延呢，妳確定他不喜歡妳了？」鍾思喬說，「想想不是很奇怪嗎？他那樣的個性，而且又不缺錢，沒事怎麼會找人一起合租。」

溫以凡語氣溫和：「還滿確定的。」

鍾思喬：「為什麼？」

「因為我對他不太好。我有段時間，性格有點尖銳。」溫以凡抿抿唇，有點失神，「桑延是唯一一個，對我很好，卻被我傷害了的人。」

她覺得愧疚和抱歉，也知道，他不會允許別人多次將他的驕傲踩在腳底。

溫以凡記得很清楚，第二次被老師誤會跟桑延談戀愛時，她已經搬到大伯家住了。

那時雖然老師通知的人是趙媛冬，但因為趙媛冬沒有時間，依然把這件事情託付給了大伯溫良賢，所以代替她來見老師的人，是溫良賢。

那天剛好是週五下午，等雙方家長談完話，溫以凡就被溫良賢帶回家了。

溫以凡一路忐忑，小心翼翼地解釋了很多話，但溫良賢全程不發一語。她怕說多了，他會覺得煩，之後也只能保持緘默。

直到回到大伯家，見到溫以凡的身影，車雁琴立刻譴責：「霜降，妳也太不聽話了。我們照顧妳也不容易，還成天給妳大伯找麻煩。他工作已經夠忙了，妳就不能讓我們安心一點嗎？」

當時溫以凡還站在玄關，手指有點僵硬。她連鞋子都脫不下來，覺得自己不應該走進去，覺得自己似乎做什麼都是不對的。

安靜了一路的溫良賢也在這個時候出了聲：「阿降。」

溫以凡抬頭，沉默地等待著審判。

她永遠忘不了他那時候的話。將表面的所有虛偽都撕開來，像是無法再忍受。

「大伯也不是想怪妳，不過妳得搞清楚一點——我們是沒有義務要養妳的，」溫良賢的長相跟父親有八成像，眉眼卻多了幾分鋒利，「但我們還是把妳當成親女兒一樣看待。」

我們是沒有義務要養妳的。沒有義務，要養妳。

溫以凡喉間一哽，一瞬間什麼話都說不出來。

那是第一次，他們那麼明確地攤了牌，清晰又委婉地用言語來告訴她，他們並不想讓她住在這裡。

「我最近公司有一堆事情，妳大伯母也要去照顧奶奶，我們沒有多餘的精力了，知道嗎？我們只希望妳聽話一點，不要做什麼不好的事情。」溫良賢平靜地說，「妳都做不到嗎？」

溫以凡站在原地，頭漸漸低了下來，低到了塵埃裡。

良久後，她輕聲說：「對不起，我以後不會了。」

回到房間，溫以凡立刻從櫃子裡翻出手機。她長按開機鍵，手都在不受控地發抖。等待的十幾秒，她卻覺得像過了一個漫長的世紀。

溫以凡找到趙媛冬的電話，打了過去。

過了很久，在溫以凡幾乎覺得電話要自動掛斷的時候，那頭才傳來趙媛冬的聲音。

『阿降？』

溫以凡鼻子一酸，強忍著的眼淚立刻掉了下來。

溫以凡想告訴她，我會乖乖聽話，不會跟鄭可佳吵架，我會好好跟鄭叔叔相處，所以妳可不可以來接我回去妳那裡？妳可不可以不要讓我一個人住在大伯家裡？

媽媽，大伯他們不喜歡我。

妳可不可以帶我回家？

但溫以凡一句話都還沒說出來，趙媛冬那頭就響起鄭可佳的聲音。

她的語氣立刻著急起來，匆匆地說了句：『妳有什麼事情就找妳大伯，在大伯家要好好聽話，不要那麼早談戀愛，知道嗎？』之後便掛了電話。

聽著電話裡冰冷的嘟嘟聲，溫以凡放下手機，低頭看著漸漸熄滅的螢幕，眼淚還在往下掉。

她僵硬地坐在原地。在那一瞬間，覺得自己唯一的支柱都斷掉了。

不知過了多久，手機再度振動起來。

她遲緩地低下眼，看到來電顯示。

——桑延。

溫以凡盯著看了很久，才接了起來。

兩頭都沉默。半晌後，桑延主動開口：『妳到家了？』

溫以凡輕輕嗯了聲。

『被罵了？』桑延的語氣似乎有些緊張，說話也有點結巴，『我也沒想到老師會為了這點小事叫第二次家長，是我影響妳了，對……』

溫以凡猛地打斷他的話：「桑延。」

所有情緒好像都是有預兆的。他的聲音戛然而止，沒有繼續說話。

那是溫以凡負面情緒最強的一刻，她瘋狂阻止著自己的行為，知道自己不該說那樣的話，在那個少年如此愧疚的時候。

可是她又完全控制不住情緒。

在那沉默的小房間裡，溫以凡聽到自己很輕地說了一句：

「你可不可以不要再煩我了？」

第三十一章　我在你面前夢遊過嗎？

當時桑延沒說任何話，安靜到就連半點呼吸聲都聽不見。兩人在沉默中過了大約半分鐘，溫以凡伸手抹掉眼淚，掛斷電話。

從那天起，他們兩個在學校裡再無交集。

後來，溫以凡跟著大伯一家搬到北榆，也因此轉了學。在她以為會跟桑延徹底斷了聯繫時，她開始收到他傳來的成績。

持續不斷，每隔一段時間就傳來一封。

再然後，在假日或者週末，桑延偶爾會來北榆找她。次數不算頻繁，最多也只是一個月來找她一次，還都會提前問過她的意見。

兩人每次去的都是同一家麵店。

那家麵店的店面很小，裝修也老舊。麵的味道普通又無特色，因此生意不算好。每次去的時候，店內都冷冷清清，只有老闆一人坐在收銀臺看電視。

次數多了，老闆也就認得他們兩個了。也不用點菜，見到他們就直接起身進廚房。僅剩下兩人的小空間。

因為她的那句話，桑延在她面前，話變得少了起來。他的神態如從前那般不可一世，但又似變得小心翼翼起來，不像從前那般肆無忌憚。

像是心照不宣，兩人沒再提起過那通電話。

基本上，鐘思喬沒見過溫以凡發火的時候，所以現在也有些好奇：「妳做了什麼？妳這種個性確定妳的行為能傷害到他？」

這次溫以凡沒回答，低頭吃麵。

「說不定只是妳想得比較嚴重，可能對方根本不覺得是什麼大事，連給他搔癢都算不上。」鐘思喬像個知心姊姊一樣開導她，「或者是他真的很在意這件事情，但妳道個歉，解釋一下，他就不在意了。」

溫以凡嘴角翹起：「都多久了。」

「那又怎樣？道歉什麼時候都不晚啊。」鐘思喬說，「嘴巴長在妳身上，妳想說什麼就說什麼，權利在妳這裡，只是接不接受的權利在對方那裡而已。」

也不知有沒有聽進去，溫以凡只笑了一下。

這個話題終止於此。

吃完麵後，兩人起身走出麵店。

鐘思喬揹起包包，跟她提起別的事情。說到一半，她忽然「噯」了聲，抬手捏捏她的手臂：「點點，妳是不是胖了點？」

溫以凡抬頭，「啊？」

「妳之前瘦得像只剩下骨頭，我跟妳靠在一起都覺得痛。」鐘思喬盯著她的臉，認真道，「但我現在感覺妳好像有點肉了。」

溫以凡倒是沒感覺：「是嗎？」

鐘思喬打趣道：「妳是不是跟桑延合租過得還滿好的？」

聞言，溫以凡才後知後覺地察覺到從桑延住進來之後，她吃的東西似乎多了起來。

原本她沒有吃晚飯的習慣，卻也因為他煮東西大手大腳、不知適當分量的行為，而充當起替他一起解決剩菜的垃圾桶。

◇

兩人聚會挑的地點是兩人的住所靠中間的位置，都離彼此的家裡有一段距離，所以也不能在外待到太晚。吃完晚飯後，她們便各自回了家。

拿鑰匙進門，溫以凡脫鞋的時候，一如既往地瞥見桑延躺在沙發上打遊戲。電視照例放著叫不出名字的劇，音量開得不大不小，倒也顯得吵鬧。

時間久了，溫以凡莫名有種自己在家裡養了個寵物的感覺。不論她何時出門、何時回家，都能看到這「寵物」在家慵懶瀟灑的模樣。

溫以凡收回思緒，坐到沙發旁喝水，看了他幾眼。想到鐘思喬的話，她的嘴唇張了又闔，半天才終於鼓起勇氣叫了一聲：「桑延。」

桑延眼也沒抬：「說。」

溫以凡莫名又說不出口了。

時隔那麼多年，說不定對方都不記得當時的事情了。現在突然提起來，似乎會讓人摸不著頭緒。

不過叫了人不說話也很奇怪。看到他這副閒散的模樣，溫以凡想了想，隨口扯了個話題：「你的主業是酒吧老闆嗎？」

桑延：「副業。」

溫以凡想了想：「我記得上次你說大學是資訊系的？」

「嗯。」桑延這才抬頭，似笑非笑地道，「怎麼？」

「沒，只是有點好奇。」溫以凡說，「看你每天都不用上班，就隨便問問。」

「換份工作。太多家公司挖我了，這不是還在搶嗎？」桑延打了個哈欠，語氣又跩又不要臉，「等他們搶完再說。」

溫以凡也分不太清楚他是在吹牛，還是他現在就真的身處在被人搶奪的狀態。她沒對這句話發表評論，想到換室友的事情，又道：「對了，你房子的裝修情況，你去看了嗎？」

桑延收回視線：「嗯。」

溫以凡：「怎麼樣了？」

「還沒裝修好，新年工人不上班。」桑延語氣平淡，直截了當地道，「裝修好也沒辦法立刻住進去，可能得延一段時間。」

溫以凡稍愣：「那你一個月之後不搬嗎？還要住一段時間？」

「是這樣沒錯。」說著，桑延看向她，「好了，妳也不用高興成這樣。」

溫以凡點頭，沒再吭聲，心裡思考著只能讓蘇恬那個朋友找別的房子了，畢竟她也不能直接把桑延攆走。她邊喝著水，邊百無聊賴地看著電視。

兩人一起住了一段時間後，溫以凡才發現桑延每次打開電視似乎都不是為了看，只是為房子找點聲音。

先前有一次，她在桑延開電視的時候跟著看了一會兒。

當時電視裡的女人邊哭邊吃著東西，哭得極為慘烈。溫以凡不知道前面的劇情，看到覺得有點心酸，便問了一句：「她怎麼了？」

聞言，桑延抬頭掃了一眼，懶懶地道：「太餓了吧。」

所以現在，溫以凡雖然依舊看不懂劇情，但也沒打算去問他，自顧自地看了一會兒。

這次桑延倒像是對這齣劇來了興趣，沒多久就收起手機，跟著看了起來。幾分鐘後，還跟她聊起劇裡人物的行為舉止：「這個人是什麼情況？」

這是個懸疑劇。此時，劇裡的時間是在三更半夜，光線都顯得昏暗。男人似是從睡夢中醒來，動作緩慢地換了一身衣服，把自己整個裹起來後出了門。

溫以凡猜測：「雙重人格吧。」

「我怎麼感覺——」桑延轉頭看她，一字一句地說，「更像夢遊？」

「是嗎？」這個詞讓溫以凡愣了一下，她又看向電視，「我也不知道，雙重人格的主人格是不知道副人格做的事情嗎？我只知道夢遊是不記得的。」

桑延問：「妳怎麼知道？」

「因為，」溫以凡老實道，「我以前也會夢遊。」

畢竟住在一起，溫以凡不覺得這種事情有什麼好隱瞞的。注意到他的表情，她才反應過來自己的毛病有點嚇人，補充道：「我就只有小時候，還有大學住宿時夢遊過，但已經很久沒這樣了。」

桑延指出其中的邏輯問題：「妳怎麼知道妳很久沒這樣了？」

「啊，」溫以凡頓住，給出了個合理的解釋，「沒人跟我說過我夢遊。」

「所以妳畢業之後，」桑延笑，「跟別人一起住過？」

溫以凡思考了一下：「就只有王琳琳，但只一起住了一週。我也是來南蕪之後才開始跟人合租的，之前都沒有這樣的經歷。」

沉默下來。

總覺得他話裡有話，溫以凡隱隱有個猜測，猶豫地問：「我在你面前夢遊過嗎？」

想到自己可能還會夢遊，溫以凡有點恐慌。

因為這是在她不清醒的狀態下發生的，所有事情都不可控，她也不知道自己會做出什麼，有種對未知的恐懼和無力感。

不知是什麼原因，她剛上大學時，夢遊這毛病又開始了。

第一次在宿舍裡夢遊，她把半夜起來上廁所的室友嚇到了，以至於後來幾天溫以凡都不太敢睡覺，怕又會夢遊嚇到人。

這件事情被三個室友知道後，四個人找機會談了一番。幾個小女生人都很好，都說可以接受，再加上溫以凡夢遊不會做出什麼事情，久而久之她們也就習慣了。

見他不回答，溫以凡又問了一遍：「有嗎？」

桑延反問：「我昨晚回來的時候妳知道嗎？」

這是他第二次問這個問題了。

溫以凡覺得納悶：「我昨天還滿早睡的，沒有聽到你回來的聲音。」

桑延直勾勾地盯著她，像是在觀察她說的是真是假。

溫以凡突然明白過來，也沉默了，然後略帶肯定地提出來，「你昨天回來的時候看到我走出房間了，是嗎？」

桑延靠在椅背上，歪頭，輕描淡寫地嗯了聲。

這對溫以凡來說就如同晴天霹靂，她也不知道該做出什麼反應，只能訥訥地詢問：「那我做了什麼事情嗎？」

桑延倒也很誠實，用視線示意了一下：「就在這裡坐了一會兒，然後就回去了。」

溫以凡有點窘迫：「沒嚇到你吧？」

「嚇到我？」桑延笑了，「溫以凡，妳搞清楚一點。我這個人呢，沒有害怕的東西，妳夢遊就能嚇到我嗎？」

「沒嚇到你就好。」他語氣照舊討人厭，溫以凡反倒鬆了口氣，「我大學室友跟我說過，我夢遊的時候不會做出什麼事情，你之後如果再看到我，直接當成空氣就好了。」

桑延意味深長地「噢」了聲。

溫以凡：「只要睡眠品質好，我應該就不會夢遊了，應該也不會太影響你。」

桑延：「好。」

「對了，」溫以凡突然想起自己還遺漏了一件關鍵的事情沒問，「昨晚那次，應該是你第一次看到我夢遊吧？」

桑延：「當然。」

溫以凡的精神放鬆下來：「那就——」

話還沒說完，又聽到桑延慢條斯理地吐出兩字：「不是。」

溫以凡傻了，「嗯？還有嗎？」

桑延唇角輕輕一扯，坐直身子，氣定神閒地倒了一杯水。然後他稍稍抬眸，非常有耐心地告訴她：「還有一次。」

「那，」溫以凡有種不好的預感，神色猶豫，但也沒辦法不問，「那次我做了什麼嗎？」

「做了什麼呢？」桑延拖著尾音，像是想不起來似的，「我想想——」

溫以凡心平氣和地等著，覺得需要想這麼久的話，想必也不是什麼大事情。

過了半晌，桑延才道：「啊，我想起來了。」

溫以凡接話：「什麼？」

桑延若有所思地盯著她：「妳突然跑出來抱住我。」

溫以凡表情僵住，完全不敢相信自己的耳朵：「嗯？什麼？」

本以為這已經是晴天霹靂了，哪知道還有更難以接受的事情在後面等著她。

桑延挑眉，閒閒地補充了一句：「還親了我一下。」

《下集待續》

高寶書版集團
gobooks.com.tw

YH 051
難哄（上）

作　　者　竹　已
特約編輯　米　宇
責任編輯　陳凱筠
封面設計　Ancy pi
內頁排版　賴姵均
企　　劃　何嘉雯

發 行 人　朱凱蕾
出　　版　英屬維京群島商高寶國際有限公司台灣分公司
　　　　　Global Group Holdings, Ltd.
地　　址　台北市內湖區洲子街88號3樓
網　　址　gobooks.com.tw
電　　話　(02) 27992788
電　　郵　readers@gobooks.com.tw（讀者服務部）
傳　　真　出版部(02) 27990909　行銷部 (02) 27993088
郵政劃撥　19394552
戶　　名　英屬維京群島商高寶國際有限公司台灣分公司
發　　行　英屬維京群島商高寶國際有限公司台灣分公司
初　　版　2021年9月

本著作物《難哄》，作者：竹已，由北京晉江原創網絡科技有限公司授權出版。

國家圖書館出版品預行編目(CIP)資料

難哄/竹已著. -- 初版. -- 臺北市：英屬維京群島商高寶國際有限公司臺灣分公司, 2021.09
面；　公分. --

ISBN 978-986-506-231-6(上冊：平裝). --
ISBN 978-986-506-232-3(中冊：平裝). --
ISBN 978-986-506-233-0(下冊：平裝). --
ISBN 978-986-506-234-7(全套：平裝)

857.7　　110014563